茉莉花官吏伝《まつりかかんりでん》 十四

壺中《こちゅう》の金影《きんえい》

石田リンネ

B's-LOG BUNKO
ビーズログ文庫

イラスト／Ｉｚｕｍｉ

目次

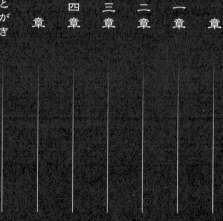

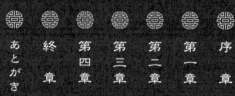

珀《はく》陽《よう》
白楼国の若き有能な皇帝。
苑《えん》翔《しょう》景《けい》
御史台の文官。真面目な堅物で特殊な癖がある。
晧《こう》茉《まつ》莉《り》花《か》
「物覚えがいい」という特技を持つ。
茉《まつ》莉《り》花《か》官《かん》吏《り》伝《でん》
十四
——壺《こ》中《ちゅう》の金《きん》影《えい》
登場人物紹介

鉦《しょう》春《しゅん》雪《せつ》
茉莉花と同期の新米文官。
毒舌だが、世話焼き体質。
黎《れい》天《てん》河《が》
珀陽の側近で武官。
名家の武人一家の出身。
芳《ほう》子《し》星《せい》
珀陽の側近で文官。科挙試験で
主席となる状元合格をした天才。
岩《がん》紀《き》階《かい》
諸州の商人。
花市で茉莉花と顔見知りになる。
封《ふう》大《たい》虎《こ》
御史台に所属する
珀陽の異母弟。本名は冬虎。

序章

かつて大陸の東側に、天庚国《てんこうこく》という大きな国があった。

あるとき、天庚国は大陸内の覇権《はけん》争いという渦《うず》に呑《の》みこまれ、四つに分裂《ぶんれつ》する形で消滅《しょうめつ》した。

この四つに分裂した国のうち、北に位置するのが黒槐国《こくかいこく》、東に位置するのが采青国《さいせいこく》、西に位置するのが白楼国《はくろうこく》、南に位置するのが赤奏国《せきそうこく》である。

四カ国は、ときに争い、ときに同盟を結び、未《いま》だ落ち着くことはなかった。


白楼国の新人文官《ぶんかん》の皓茉莉花《こうまつりか》は、十六歳の少女である。

元は田舎《いなか》の商人の娘《むすめ》だったけれど、行儀《ぎょうぎ》見習い先の先生に勧《すす》められて後宮《こうきゅう》の宮女《きゅうじょ》になり、女官長《にょかんちょう》に気に入られて女官になり、皇帝《こうてい》にその才を認められて科挙《かきょ》試験を受け、ついには文官になるという物語のような出世を繰《く》り返《かえ》していた。

そして、文官になってからも活躍《かつやく》を続けた結果、皇帝のみが身につけられる特別な紫色《むらさきいろ》——……禁色《きんじき》を使った小物を皇帝から授《さず》けられることになったのだ。

禁色を使った小物をもつ官吏《かんり》は、皇帝から出世を約束されたと言ってもいい。誰《だれ》の眼《め》にも茉莉花の未来は輝《かがや》かしく見えているだろう。

しかし、当の本人である茉莉花は、未来の想像をしてうっとりするような余裕《よゆう》はなく、眼《め》の前《まえ》にある難問にいつだって必死に取り組んでいた。

——皇帝『珀陽《はくよう》』から茉莉花に与《あた》えられた新しい難問は、首都の商工会の改革。

豊かな白楼国の首都の商人ともなれば、異国に名を知られている大商人もいる。そんな彼らと友好的な関係を維持《いじ》するのも、官吏の大事な仕事だ。

月長城《げっちょうじょう》は官吏だけでは維持できない。紙や筆といった小物から棚《たな》や卓《たく》といった大物まで、すべてのものを商人から買っている。戦争をするときの食料や武器も、商人の助けなしで用意することは難しいだろう。

「白楼国の首都の商工会は、多少の問題はありますけれど、基本的には現状維持でも問題ないんです」

茉莉花は今、月長城のとある部屋にて、文官の芳子星《ほうしせい》と作戦会議をしている。

子星は十年ほど前の科挙試験で一番の成績——……状元《じょうげん》で合格した天才の中の天才だ。とんでもない価値をもつ子星の教えに対し、茉莉花は金を払《はら》うべきだろう。

けれどもありがたいことに、子星の善意によって行われる授業は、太学《たいがく》の学生から文官になった今も受け続けることができていた。

「ですが、今はよくても二年後は違《ちが》うかもしれません。三年後には状況《じょうきょう》が変わっていて、現在の商工会の制度が時代遅《じだいおく》れになっているかもしれません。時代の流れというのは、ときにゆるやかで、ときに激しい」

白楼国の首都の商工会は、出店の条件をとても厳しくしている。

首都で店を開いている商人は、親の店を引《ひ》き継《つ》いだか、もしくは弟子《でし》が独り立ちを許されたかの、どちらかである。

茉莉花は現状維持を好む。自分が商工会の商人であれば、今の制度でもいいならそのままにしておきたいと思ってしまうだろう。

「経済の発展のためには、新たな風がどうしても必要です。それは首都の商人もわかっています。他の国の商人に後《おく》れを取るなんてこと、絶対にできません。だから、新しい制度が必要になれば、商工会の制度は勝手に変わるんです。でも、我々は今からその制度を崩《ほう》壊《かい》させようとしている。どうしてなのかわかりますか?」

子星からの問いに、茉莉花は小さく頷《うなず》いた。

これは『商工会の制度をなし崩《くず》しに崩壊させる』という命令をしたのは皇帝だというところが大事である。

「──『恩を売りたいから』です」

茉莉花の答えを、子星は笑顔《えがお》で褒《ほ》めてくれた。

「正解です。いずれは勝手に崩壊する制度を、反発が生まれないように気をつけながら、少し早めに崩壊させる。それで商人たちに『皇帝陛下《へいか》と官吏に助けられた』と思わせて恩を売りつけておきたい、というのがあの方の考えですね」

茉莉花はこのとき、珀陽の才能は商売に最も向いているのではないだろうか、と思ってしまった。

珀陽は赤奏国の皇帝に『悪徳高利貸《あくとくこうりが》し』というとんでもない異名をつけられていたのだけれど、頼《たの》まれてもいないことを勝手にやって恩を売りつけ、あとで高く返してもらおうとするその手腕《しゅわん》は、本当にいつも見事である。

「では、具体的にどうするのかを考えていきましょう。これは恩を売ることが目的です。相手を怒《おこ》らせてはいけませんよ」

制度を崩壊させるだけなら簡単だ。皇帝の勅命《ちょくめい》があればいい。商工会はそれに絶対従わなくてはならない。

しかし、友好的な関係を維持しつつ、商工会の人たちに「しかたない」を言わせなければならないのなら、話は一気に難しくなる。

上手《うま》くいっているものを変えようとするとき、人々は不安を感じる。目に見えない不安はとてもやっかいだ。そして、それにどう対処すべきなのかは、人によって異なる。

「ちなみに、『親切にしてくれてありがとう』で終わってしまう話にしてもいけませんよ。まずは商人にとっても得になる話をこちらから提供するのが……」

子星が具体的な話を始めたとき、窓の外から大きな声が聞こえてきた。

「おーい！　翔景《しょうけい》くん！　そんなところでどうしたんだい？」

茉莉花は、親切な通りすがりの文官の言葉によって、すべてを察してしまった。無言で椅子《いす》から立ち上がり、窓の外を見てみる。そして、目が合った人物にぎこちなく微笑《ほほえ》んだ。

「……あの、普通《ふつう》に話へ入ってきてください。翔景さんなら、子星さんも歓迎《かんげい》してくださると思いますし……」

草木を手にもち、壁《かべ》に張りついて茉莉花と子星の会話を聞いていたのは——……文官の苑《えん》翔景である。

翔景は有能な若手文官だ。しかし、自分の信念を貫《つらぬ》き通すという強い意志をもっているため、周りを遠慮《えんりょ》なく巻きこみ、周囲の人たちにいつも大変な思いをさせてしまう人でもあった。

「子星さん。翔景さんが偶然《ぐうぜん》通りかかって、わたしたちの話に興味をもったようです。ここに招いても大丈夫《だいじょうぶ》ですか？」

「勿論《もちろん》です。若い人は、国の今後を語り合う会へ積極的に参加すべきですからね」

茉莉花は翔景のために、盗《ぬす》み聞《ぎ》きをしていたという事実をそっと隠《かく》しておく。

　すると翔景は、最初から招待されていましたという表情になり、官服《かんぷく》についた草木を払いながら廊下《ろうか》へ回り、隙《すき》のない姿でこの部屋の扉《とびら》を開けた。

「苑翔景です。失礼します」

「どうぞ。翔景くんがくるなら茶菓子《ちゃがし》を用意しておけばよかったですね」

「ああ、私がもち歩いているお菓子《かし》でよければ……」

「花生糖《かせいとう》！」

　これ好きなんですよ、と子星は翔景からもらった菓子を素直《すなお》に喜んだ。

　茉莉花は、翔景は子星好みの菓子をわざわざ買ってもち歩いているのではないか……という疑惑を抱いてしまう。

「さあ、席についてください。今日は茉莉花さんと白楼国の経済の発展のためになにをすべきかという話をしていたんです」

　皇帝陛下からの命令で、というところを子星はそっと伏《ふ》せた。

「商工会の制度の改革をするという話ですね。でしたら、『例外』が必要になります」

　翔景は盗み聞きをしていただけあって、具体的な話にすぐ入ってくる。

　子星はそうですと言って頷いた。

「どんな法律をつくっても、規則をつくっても、世の中に『例外』はあります。商工会の制度に、まずは例外をつくりましょうか」

翔景はじっと子星を見ている。いや、子星の手元の筆や紙、文鎮《ぶんちん》などを観察している。

茉莉花は、翔景の考えが読めてしまい、そわそわしてしまった。

（大事な話なのに集中できない……！）

翔景に盗み聞きを続けられると子星の話に集中できなくなると思ってここに招いたのだけれど、翔景がここにいたら別の意味で集中できないことが判明してしまった。

今度、翔景と同じ御史台《ぎょしだい》で働いている封大虎《ふうたいこ》に、翔景が視界に入っても仕事に集中できる方法を教えてもらおう。

「……というわけで、なにを例外にしましょうか。茉莉花さんはどうですか？」

「あっ、はい！」

茉莉花は子星の問題の答えを必死に考える。

例外をつくるのであれば、首都の商人にとって簡単に手に入らないもの——……異国の希少価値の高いものがいいだろう。

「染料《せんりょう》……、海辺で採れるようなものがいいです。それを使った高級な布とか……」

白楼国は海に面していない。自国で絶対に栽培《さいばい》できないもの、そして貴重なものとなれば、やはり染料だ。

「いいですね。では、翔景くんは……」

「塩です」

「それも素晴《すば》らしい答えです。生きていくためには塩が必要です。新たな塩湖《えんこ》や塩井《えんせい》が見つかり、新たな塩商人が生まれれば、間違《まちが》いなく首都の商人も受け入れてくれるでしょう。では、ここからはもっと具体的な話をしましょうか」

皇帝『珀陽』は今、運河の整備に取り組んでいる。

これからもっと首都が栄えていくだろうし、商人がもっと行《い》き交《か》うようになるし、運河を活用して民も商人も官吏も得するようにしたいのだ。

(新しい取り組みだとしても、小さなものから始めれば、商人の反発を小さくすることができるはず)

将来、大きな例外を受け入れることになる前に、小さな例外を受け入れる機会を何度も与え、商工会の人たちを『例外』に慣らしておいた方がいい。

「……年に一度の買付会というのはどうでしょうか」

いきなり外の商人を首都の商工会に混ぜましょうとか、外の商人だけを集めた新たなもう一つの商工会をつくりましょうというわけにはいかない。

前段階として、外の商人を一斉《いっせい》に呼びこむ日を年に一度だけつくり、互《たが》いに得する取引の場を用意する。

買付会の提案と場の提供と外の商人への呼びかけを官吏が行えば、買付会が成功したときに恩を売れるはずだ。

「いいですね。首都の商人も外の商人も、取引先を増やしたいはずです」

子星はうんうんと頷いてくれた。

「買付会が成功したら、その回数を増やせます。年に二度、年に三度……品物によって年に数回ではなくその都度取引をしたいものもあるでしょうし、首都の商人が自分から現行制度では困ると言い出したくなるようにもっていく……。素晴らしい具体案です」

国が豊かになれば、『流行』というものが生まれる。

流行に対応したいのなら、年に一度の取引では駄目《だめ》だ。今すぐ誰よりも早く品物を手に入れたいと商人たちは思うようになる。

「それでは、第二回の勉強会は、買付会の具体的な計画案の発表にしましょう」

第一回の勉強会は、問題と改善策を言葉にし、同じ意識をもつことが目的だ。

それを無事に果たしたので、子星は今日はこれでおしまいだと場をまとめる。

茉莉花は早速《さっそく》、子星に出された宿題にどう手をつけるべきかを考えてみた。

（まずは買付会の会場よね。……いっそ月長城……ううん、やっぱり城下町がいいな。かなり広い会場が必要だから……）

場所、時期、主催《しゅさい》は誰にするか、どうやって招待状を送るか……細かい部分を考えながら立ち上がる。

「次回はいつにしましょうか。茉莉花さんと翔景くんの都合に合わせますよ」

子星の質問に、茉莉花はすぐに答えた。

「わたしはいつでも大丈夫です」

今は国外に行くことになりそうな仕事に関わっていない。大きな仕事も割り当てられていないので、夜遅《よるおそ》くまで仕事部屋に拘束《こうそく》されるということもないはずだ。

「すみません。私は次はいつになるかわかりません」

翔景は、はっきりしない返事をする。彼は官吏の監査《かんさ》を担当する御史台の文官だ。どこで仕事をしていて、いつ終わるかという詳《くわ》しい話はできない。

「わかりました。翔景くんの仕事が一段落したら教えてください」

「ありがとうございます」

翔景は仕事の都合上、御史台以外の官吏と親しくしているところを見られるわけにはいかない。「お先に失礼します」と言い、足早にこの部屋から出ていった。

第一章

白楼国《はくろうこく》には、三省六部《さんしょうりくぶ》という制度がある。

三省のうちの一つ、行政の実行役である尚書省《しょうしょしょう》は、吏部《りぶ》、戸部《こぶ》、礼部《れいぶ》、兵部《へいぶ》、刑部《けいぶ》、工部《こうぶ》の六つに分かれていて、これら六部では多くの官吏《かんり》が働いていた。

茉莉花《まつりか》は、外交や儀式《ぎしき》を担当する『礼部』に所属している。先輩《せんぱい》に仕事を教えてもらいながら先輩の補佐をするという、新人らしい仕事を日々がんばっている最中だ。

「……茉莉花くん、ちょっといいかな？」

礼部の長である礼部尚書は穏《おだ》やかな人物だ。平民出身の新人女性文官《ぶんかん》である茉莉花にも友好的に接してくれている。しかし、礼部尚書が両手を揉《も》みながら近づいてくるのは、無理難題を押しつける合図だということを先輩から聞いていた。

「はい、大丈夫《だいじょうぶ》です」

茉莉花が立ち上がれば、周囲は「あ〜……気の毒」という視線を向けてくる。

きっと資料庫の整理とか、なくしものを探してほしいとか、そういう時間がかかる地道な雑用をさせられるのだろうと誰《だれ》もが同情した。

「実はね、工部尚書と安州《あんしゅう》の州牧《しゅうぼく》が、運河の工事の件で揉めていてねぇ」

運河の建設は、国にとってとても大事な事業だ。

多くの荷物を一気に首都まで運ぶ手段は、今のところ運河しかない。

予算は州と国が出し合い、工事には禁軍《きんぐん》が投入され、彼らが工事の指揮をしっかり執《と》ることにもなっている。

「工部が工事計画案をつくったんだけれど、安州の州牧が一部変更《へんこう》を主張しているんだ。でも工部尚書は『私の計画案は完璧《かんぺき》だ！』と引かなくてね」

よくある話だと茉莉花は思ってしまった。こうなったらもう互《たが》いの矜持《きょうじ》の問題なので、話し合いでどちらかが引くというのは難しいだろう。

（でも、それがなぜ礼部尚書のところに……？）

礼部尚書は「大変だねぇ」と言って茶をすすっていればいい。運河の建設工事の計画案なんてものは、礼部には一切《いっさい》関係のない話だ。

「一部変更というのは、『とある地域の地盤《じばん》に問題があるから、そこを避《さ》ける形にしてほしい』というものだった。こういうのはたしかに地元の人の方が詳《くわ》しいからね」

運河はただ直線につくればいいというわけでもない。

山脈に穴を通すわけにはいかないし、大きな石がごろごろ転がっている土地を切り開くのは大変だ。砂地だと崩《くず》れやすかったりするし、水が染《し》み出すような土地だったりすると土嚢《どのう》を積み重ねることさえ難しくなる。

「工部尚書は部下に建設予定地の視察をさせ、計画を変更しなくても特に問題ないという結論を出した。でも安州の州牧にそれを伝えたら、視察をもっと真面目にすべきだと工部尚書を非難してきて……」

礼部尚書は声を小さくする。

「工部の視察の報告書を私も見せてもらったんだけれど、たしかに色々不備があったんだよ」

茉莉花は、今のところもまだよくある話だと思う。

「皇帝陛下《こうていへいか》が、このままだと運河建設が進まないから、第三者による追加の視察を提案したんだ。今度は工部以外のところに視察してもらおうとね」

「……そうだったんですね」

茉莉花は、この先の展開が読めてしまった。きっとこの話に聞き耳を立てている礼部の文官たちも、同じ未来を見ているだろう。

「どこの部も忙《いそが》しくて無理ですと断ったんだよ。だから結局はみんなでのくじ引きになって、『視察』と書かれた紙を私が引いちゃったんだよね。……くじ運、悪くてさ」

これね、と礼部尚書は『視察』と書かれた紙を茉莉花にさっと握《にぎ》らせる。素早《すばや》く慣れた手つきに、茉莉花は尚書になった人はすごいと感心してしまった。

「茉莉花くんは仕事をすぐに覚えてくれたし、今は大きな案件も担当していないし、それに工部の仕事を今のうちから学んでおくのは大事だよ。陛下に期待されているからね。今回はとてもいい機会だ」

安州に行って、建設予定地の視察をし、報告書の不備の穴埋《あなう》めをする。

工部の後始末なので手柄《てがら》にならない、面倒《めんどう》なだけの仕事。

それを勉強になるよと言《い》い換《か》えることができる礼部尚書の心の強さに、茉莉花はいつか自分も同じことをするようになるのだろうか……と遠くを見つめてしまった。

「わかりました。安州に行ってきます」

「助かるよ。頼《たの》むね。茉莉花くんなら完璧な視察になるだろうし……あ、これ資料ね」

茉莉花は礼部尚書から工部作成の資料を受け取り、自分の卓《たく》に戻《もど》る。

これから急いで仕事を終わらせ、終わらない分は誰かに引《ひ》き継《つ》ぎをしなければならない。新たな仕事を急に入れられると、新たな仕事の準備と手もちの仕事の後始末を同時にしなくてはならないので、とても大変なのだ。

(子星《しせい》さんによる第二回の勉強会の日程が決定していなくてよかったわ)

宿題をどうするかは、移動中に考えてみよう。

茉莉花《まつりか》は、新人研修で工部《こうぶ》に行ったことならある。しかし、そのときは工部の仕事の手伝いをわずかにしただけで終わってしまった。

（治水工事や運河建設については太学《たいがく》で少し学んだけれど、本当に少しだけなのよね）

自分の報告書によって、運河の建設計画が変わるかもしれない。そう思うと責任重大だ。

茉莉花は、子星《しせい》に頼んで工部の文官を紹介《しょうかい》してもらい、詳しい話を聞くことにした。

そして、実際に視察をしてきたという文官の話も聞いてみる。

視察をしてきた工部の文官のうちの一人は、茉莉花と同期の岳克元《がくこくげん》で、視察の様子をあれこれと語ってくれた。

「悪霊《あくりょう》の森があってさ！」

しかし、彼の口から出てくるのは、住んでいる人の話や地盤の様子ではない。運河に関係のない話ばかりである。

「森って……ここのこと？」

茉莉花が克元に地図を見せれば、克元はこっちと別の場所を指差した。

「この森を抜《ぬ》けると、小さな村があるんだ。村人は夜になったらこの森を絶対通らないんだって。呪《のろ》われてしまうからね」

夜は足下《あしもと》が見えなくて危ないし、盗賊《とうぞく》に襲《おそ》われやすくなるので、茉莉花は元々昼間しか動かないつもりだった。それでも、想定外の事態になって夜に移動しなければならなくなったこともたしかに何度かある。

（万が一のことになっても、この森にはできるだけ入らないようにしましょう……！）

茉莉花は、呪いの森の位置を頭の中にしっかり入れておく。

「……あ、工部の計画通りに運河をつくると、この村はなくなってしまうわよね？」

呪いの森の先にある村の名前『易雲《えきうん》』に覚えがあった。

茉莉花の確認に、克元はそうだと頷《うなず》く。

「この辺りは痩《や》せた土地で、作物が育たない。村人のための移住場所は用意しておいたし、税の免除《めんじょ》もするって言ってあるんだけれど、村の人は大事な土地を捨てたくないって渋《しぶ》っているらしいんだ」

部外者は簡単に「移住しろ」と言えるけれど、住民にとっては思い入れがある土地だ。なかなか決断できなくても当然のことだろう。

「安州《あんしゅう》の一部修正案だと、この村は残すことになるのね」

「そうそう。安州は易雲の村の辺りの地盤に問題があるって主張している。でも易雲の村を避けると、今度はこっちの農地を分断することになるんだ。やっぱり穀倉地帯が駄目《だめ》になるような事態は避けたいし……」

治水工事や運河建設というのはとても難しい。先の先のことまで考えながら、今そこで苦しんだり悲しんだりしている人たちのことも同時に考えなければならないのだ。

「易雲の村近くの土地の様子は実際にどうだったの？　見に行ってきたのよね？」

「それがさぁ！」

克元は待ってましたと言わんばかりに身を乗り出してきた。

「……呪いの森を通った先輩が呪われたんだよ」

話が見事にずれていく。茉莉花は、とりあえず克元の話につきあうことにした。

「もしかして、その先輩は夜に呪いの森を通ってしまったの？」

「ああ。でもさ、夜の移動は危ないってわかっていたし、最初はそうするつもりなんてなかったんだ」

克元によると、工部の視察団は小規模なもので、先輩文官二人に荷物もちとして克元が加わり、三人で視察をしていたらしい。

三人は手分けし、建設予定地近くに住む人たちのところへ行って、土地の話を聞いた。

先輩の一人はひと仕事終えたあと、今からなら夜までに易雲の村に着くだろうと判断し、村に泊《と》まってから戻ると言って出かけた。

──しかし、先輩は一人で夜明けごろに帰ってくる。

呪いの森を夕方の終わり──……かなり薄暗《うすぐら》くなっているときに通ったせいで、易雲の村で恐《おそ》ろしい目に遭《あ》ってしまったのだ。

親切な村人の家の二階の部屋を借りたら、なぜか外から窓を叩《たた》かれた。おそるおそる窓の外を見てみたら、窓に手あとがべったりついていた……。

「それに、子どもの足音も聞こえたんだ……！」

「ええっと、子どもがいない家だったの？」

「そうそう！　その家は若夫婦《わかふうふ》とその弟しか暮らしていないんだって！」

先輩は子どもの足音が聞こえたあと、おそるおそる廊下《ろうか》を覗《のぞ》いてみた。しかし、葉っぱと泥《どろ》と髪《かみ》の毛《け》が落ちているだけだった。

——いやいや、ねずみだろう。

先輩はそんなことを自分に言い聞かせたのだけれど、そのあとも奇妙《きみょう》なことは続き、もう耐《た》えきれないと叫《さけ》んで村を飛び出したのだ。

「それで、先輩が帰ろうって言い出して……」

報告書の不備が多かったのは、どうやら予定を切り上げたせいだったらしい。

「その先輩はまだ呪われているの？　大丈夫？」

「こっちに戻ってきてすぐ、有名な道士《どうし》さまのところへ行って魔除《まよ》けのお札をもらったんだ。そのおかげか、首都に戻ってきてからはなにもないって。茉莉花も先にもらいにいった方がいいぜ」

「ええ、そうするわ」

茉莉花は、視察にはあまり関係がないけれど、とてもありがたい情報を手にすることができた。

「克元くんは他の村の人たちの話を聞いてきたのよね？　地盤についての話はなにか聞けたの？」

「それが、地盤に関しては特になにも言われなかったんだ。ただ、そこでも呪いの森の話はされて、気をつけた方がいいって言われた」

運河の建設工事に関する視察の報告書に『呪われている』という文字を書くことはない。やっぱり報告書だけでは伝わってこない話もある。

茉莉花は詳しい話を聞かせてくれた同期の友人に礼を言い、次は籍庫《せきこ》に足を運んだ。

白楼国《はくろうこく》には戸籍《こせき》制度がある。一家の長である戸主は、家族構成と所有している土地を里《り》正《せい》と呼ばれる地方の役人に毎年報告しなければならないのだ。

里正はそれらを集めて県に提出し、県はそれをまとめて郷帳《ごうちょう》というものをつくっている。それを元に『戸籍』が作成され、戸部《こぶ》と州と県がそれぞれ一通ずつ保管することになっていた。

戸籍には、どれだけの田畑をもっているか、税がどれくらいかかっているのかも記されている。

しかしこの戸籍制度は、三十年ほど前に変更された。税に関する項目《こうもく》は、戸籍から『計帳』というものをつくり、そちらを使って税の徴収《ちょうしゅう》をするようになったのだ。

茉莉花は、戸籍と計帳の両方を探す。

「ええっと……安州の易雲……」

茉莉花は目当てのものを見つけ出し、戸籍と計帳に書かれているものから村の様子を読み取っていった。

小さな村だ。子どもがたったの四人しかいない。そして税率からすると、豊かな暮らしはできていないだろう。

易雲以外にも移住することになるかもしれない村が二つあるので、そちらの戸籍と計帳にも目を通しておく。

(正直な話をしてもらうためには、相手のことをよく知ることが大事。……この人たちは、生活が苦しい中、運河の建設によって移住を迫《せま》られている。今、どんな気持ちになっているのかしら)

村の人たちは、思い入れのある土地から離《はな》れることになるかもしれない。茉莉花は、彼らにできる限りのことをしたかった。

「あら……？　みんな五十年前に引《ひ》っ越《こ》してきたの？」

記録をさかのぼっていくと、易雲の村は古くから存在していたわけではないことが判明する。五十年ほど前、なにかの理由で移住してきた人がつくった村のようだ。

「洪水《こうずい》とか、飢饉《ききん》とか、前の土地でも大変なことがあったのね」

茉莉花は戸籍と計帳を元あったところに戻し、籍庫を出た。

次はどこへ行こうかと思っていると、同期の鉦 春 雪《しょうしゅんせつ》の姿を見かける。

「春雪くん！」

茉莉花が声を上げると、春雪が振《ふ》り返《かえ》った。

「なにか用？」

茉莉花は、首都暮らしが長い春雪に会えてよかったと眼《め》を輝《かがや》かせる。

「春雪くんは、悪霊や呪いに効くお札をどこで頂けるか知っている？」

「は？　悪霊や呪い？　それなら、大通りにある太学ご用達《ようたし》の文具屋を左に……」

春雪は説明し終えたあと、じっと茉莉花を見た。

「あんたはそういうのを怖《こわ》がらない女だと思っていた」

「悪霊を見たり、呪いをかけられたりしたことはないけれど、そういう話を聞けば普通《ふつう》に怖くなるわ」

「怖いって感情があったんだ……」

うわ、と春雪が謎《なぞ》なところで驚《おどろ》いている。

茉莉花はどうしてそんなところで驚かれるのか、不思議でしかたない。

「悪霊や呪いは、普通の人間ではどうすることもできないでしょう？　人がやったことならどうにかできるけれど……」

後宮《こうきゅう》で見聞きしてきた数々の嫌《いや》がらせを思い出した茉莉花は、思わず震えてしまった。あれは本当に恐ろしかった。けれども人がやることなら、ある程度の予想も対策もできる。

「人がやることも怖いよ、僕はね」

しかし、春雪は茉莉花とは違う考えをもっているらしい。

「御史台《ぎょしだい》の苑翔景《えんしょうけい》さまが自分のあとをつけてきたら、無駄に怖くならない？」

春雪が出してきた具体例に、茉莉花はその通りだと同意した。翔景に監査をされている最中なのかなとか、子星関係で嫉妬されて見張られているのかなとか、色々なことを考えてしまうだろう。

「それならわかるわ。翔景さんが次にどんな私物を勝手に買い換えようとしてくるのか、まだその辺りのことは過去の例が少なくて読みきれないし、防ぐ方法も見つかっていないから……」

茉莉花は先日、子星の私物に視線を向けていた翔景を実際に見てしまっている。どうにかできないこともたしかにあると反省した。

「ねぇ、翔景さまがより怖くなったんだけれど⁉　いや、もう翔景さまの話はやめよう。……あとは陛下とか。なにかあったら物理的に首が飛ぶから、ただ怖い」

「春雪くん、陛下は事情なくそんなことをなさる方ではないわ」

「あのさぁ……それ、事情があったらやるって言ってるようなものだからね……。ああもう、この話もやめよう」

茉莉花は春雪に話を打ち切られてしまったので、またと言って別れようとしたのだけれど、ふと思い直した。

「……そうだ。春雪くんはわたしと同じで田舎《いなか》出身よね。運河建設のために移住しろと言われたらどうする？」

「移住か……条件次第《しだい》かな」

「いい条件だったら頷く？」

「それでも一度は渋るふりをするよ。もっといい条件を引き出すためにね」

「……うん。普通はそうするわよね」

茉莉花の報告次第で、移住を迫られる人が出てくるかもしれない。

運河建設という国のためになることであっても、この先のことを考えると気が重たくなってしまう。

「なに？　地上げでも任されたわけ？」

「ううん、それは別の人の仕事になると思う」

「あんたの地上げって、すごいことになりそうだよね。あんた相手なら誰だって裸足《はだし》で逃《に》げていくんじゃない？」

「春雪くんはわたしのことをどう思っているの……？」

茉莉花は、地上げをしたことなんてないわ、とため息をついてしまった。

今の自分にできるのは、移住条件を多少よくするように工部に働きかけることぐらいだろう。

（村の人たちがどれだけ嫌がっても、最後は皇帝命令での立ち退《たちの》きになる。その場合、陛下が恨《うら》まれてしまうから、そうなる前に同意してくれたらいいいな）

茉莉花は春雪に礼を言って別れたあと、急いで礼部《れいぶ》に戻る。

同僚《どうりょう》に迷惑《めいわく》をかけるわけにはいかない。できるだけ自分の仕事を早めに終わらせておきたかった。


仕事に一区切りをつけた茉莉花は、ようやく椅子《いす》から立ち上がる。

——思っていた以上に遅《おそ》くなってしまった。

身体《からだ》をうんと伸《の》ばし、それから硯《すずり》や筆を片付け、荷物をもつ。窓が閉まっているかを確《かく》認《にん》してさぁ出ようと思ったとき、廊下から声をかけられた。

「遅くまでお疲《つか》れさま」

「……陛下！」

珀陽《はくよう》のうしろには従者がいる。禁色《きんじき》の小物をもつ文官が視察に行くと聞いて声をかけにきた、という設定なのだろう。

「安州に行くんだって？」

「はい。運河の建設予定地の視察を任されました」

「無理はしないように。必要なら武官《ぶかん》の手配もするといい」

「ありがとうございます。精いっぱいがんばります」

茉莉花が模範《もはん》解答で応じると、珀陽は満足そうに頷いた。

「またね」

珀陽は髪を耳にかけながらそう言ったあと、茉莉花の返事を待つことなく従者と共に去っていった。

(今のは……)

『髪を耳にかける』は、珀陽と茉莉花だけに意味が通じる合図だ。

皇帝と文官としてではなくて一人の人間として話したいときに使おうということを、二人の間で決めていた。

だとしたら、先ほどの「またね」は、珀陽としても言ったのだろう。

──もしかして、今夜、下宿先にくるつもりなのだろうか。

茉莉花は静かになった仕事部屋でしゃがみこんでしまった。

予告があるとたしかにありがたいけれど、先ほどの合図はなにかこう、してはいけないもののような気がする。恋人同士《こいびと》っぽいやりとりのような気がしてならない。

（便利だと思ってつくった合図だけれど、本当にこれでよかったのかしら⁉）

どきどきしている。これは悪いことのような気がするのに、それでもどこかに甘さも感じてしまい、混乱してきてしまった。

「……ええっと」

落ち着こうと自分に言い聞かせたあと、深呼吸をしながら立ち上がる。

頬《ほお》に手を当てれば、寒い夜なのに熱くなっていた。

（別のことを考えましょう。武官の手配については……、今回は地方を視察をしてくるだけだし……）

これから茉莉花は、安州の州庁舎に行って、州牧《しゅうぼく》に挨拶《あいさつ》をし、報告書の不備を埋《う》めるための調査をする予定だ。通常なら、この程度の視察に武官はつかない。

（旅の危険は勿論《もちろん》あるけれど、安州はそう治安が悪いところでもない。もしも危険なことに巻きこまれたら、州庁舎に駆《か》けこんで助けてもらえばいい）

同情はどれだけ買ってもいいけれど、特別扱《とくべつあつか》いはできるだけ控《ひか》えるべきだ。

茉莉花は白い息を吐《は》きながら月長城《げっちょうじょう》を出て、帰り道を急いだ。

「あれ？　茉莉花さまじゃありませんか？」

夜道で声をかけてきたのは、諸州《しょしゅう》の商人である岩紀階《がんきかい》である。

彼は養蚕《ようさん》の盛《さか》んな藷州で美しい薄布《うすぬの》をつくっていて、その布を首都に売りこもうとしている若き商人だ。

「茉莉花さま、先日はありがとうございました！　遅くまで大変ですね」

「紀階さんもお疲れさまです」

「実は先ほどまで申銀《しんぎん》さんとこれからの打ち合わせをしていたんです！　このあと春、夏ですからね。夏物の色や模様の流行を予想していまして……！　申銀さんとの取引が増えたのは茉莉花さまのおかげです！　本当にありがとうございます！」

先日、商工会主催《しゅさい》の花市《はないち》という祭りがあった。花市に登場する花娘《はなむすめ》の長女役の衣装《いしょう》には、紀階が売りこみにきた薄布を使うことになった。

多くの人の眼に触《ふ》れることになったあの薄布の評判はとてもよかったらしく、紀階は大喜びしていたのだ。

「そういえば、茉莉花さまは安州へ視察に行くそうですね」

「……その話はどこから聞いたのですか？」

「申銀さんが言っていました」

洋《よう》申銀は首都の商工会の会長である。商人は人の噂《うわさ》に敏感《びんかん》でなければならない。きっと知り合いの官吏《かんり》からその話を手に入れたのだろう。

（もうこんなことも城下町の人に知られているのね）

礼部尚書が礼部の仕事部屋で何気なくしていた話だから、口止めをしなければならない視察ではないけれど、城下に伝わるのがあまりにも早くて驚いてしまう。

「旅の必需品《ひつじゅひん》をよかったらどうぞ。茉莉花さまにはお世話になりましたので！」

紀階が差し出してきたのは、指でつまめるほどの小さな包みだ。

「なにが入っているんですか？」

「塩です。黒槐国《こくかいこく》の塩商人から買ったものです」

「……お代を払《はら》わせてください。官吏なので、色々なことに気をつけなければならないんです」

どう見ても少量の塩なので、大した価格ではないだろう。それに塩は、旅人への餞別《せんべつ》としてちょうどいいものだ。しかし、茉莉花は官吏なので、賄賂《わいろ》のやりとりに見えるようなことは避けたかった。

「では割り引きますね」

このぐらい、と相場よりもかなり安い値段を紀階に言われる。

「もう少しお支払《しはら》いしますよ」

「いえ、元の値段が安かったんです。売れ残りの塩だったそうで、少ししかなくて、できれば荷物を軽くして帰りたいと頼まれたんですよ」

嘘《うそ》かもしれないけれど、ここが引き際《ひきぎわ》だろう。茉莉花は代金を支払い、塩を受け取った。

「あ、こっちは本当にそのまま受け取ってください」

紀階はぱっとお札を差し出してくる。

「安州へ視察に行った官吏が呪われたらしいんですよ。このお札、よく効くそうです。僕はそういうの本当に駄目で、昼間に知人からおすすめされた道教院《どうきょういん》でお札をもらってきたんです……！」

「……ありがとうございます」

克元の先輩が呪われたという話も、既《すで》に城下へ流れていたらしい。

茉莉花は魔除けのお札を素直に受け取った。

「商人は情報も売りますからね。塩でもお札でも、お困りごとがあればいつでも声をかけてください！」

どうやら次回は、よく効くお札の情報は有料になるらしい。

茉莉花は苦笑《くしょう》しつつ、それではと言って紀階と別れた。


自分の部屋に戻った茉莉花は、灯《あか》りをつけてから荷物を置く。

「忘れないうちに、お札と塩を旅行用の荷物へ……」

文官になってから異国へ行く機会が一気に増えたので、いつでも旅立てるように旅行用の荷物を鞄《かばん》一つにまとめてある。今すぐ異国へ出発してくれと言われても、これを抱《かか》えるだけで準備完了だ。

そこに先ほどもらったお札と塩を入れておこうと思い、荷物から取り出した。

——そのとき、外から窓が叩かれる。

今日、呪いの話を聞いたばかりだから、茉莉花はどきっとしてしまった。けれども、窓の外にいるのは誰なのか、想像できている。

「陛下ですよね？」

おそるおそる声をかけながらそっと窓を開けた。

するりと部屋の中に入ってきたのは、悪霊や動く死体ではなく、やはり珀陽だ。

（よかった……！）

ほっとしていると、珀陽は茉莉花の様子がいつもと違《ちが》うことに気づく。

「なにかあった？」

珀陽が心配そうに尋ねてきたので、茉莉花は慌《あわ》てて手を振った。

「すみません。昼間、怖い話を聞いてしまって」

珀陽に寝台《しんだい》を譲《ゆず》りつつ、視察のときに呪われてしまった工部の文官の話を簡単に説明する。

「ああ、だから視察の報告書に不備があったのか」

皇帝として州牧と工部尚書の戦いの仲裁《ちゅうさい》をしなければならなかった珀陽は、報告書に書かれていなかった事情を知り、なるほどねと言った。

「陛下は呪いや幽霊《ゆうれい》を信じていますか？」

「あってもいいなと思っているよ。まだ出会ったことはないけれど」

珀陽は茉莉花と似たようなことを口にする。しかし、茉莉花と違い、呪いや幽霊の存在を面白《おもしろ》がっているようだった。

「利用できたらいいよね。呪いと幽霊」

珀陽から笑顔《えがお》を向けられた茉莉花は、やはりこの方の感覚は自分となにかが違うと思ってしまう。

「都合よく利用できるものなのでしょうか……？」

「いやぁ、だって私は皇帝だよ。幽霊が皇帝だったら喧嘩《けんか》になるかもしれないけれど、それ以外の幽霊だったら、私の方が偉《えら》いし」

こうも自信満々に言いきられると、茉莉花はそうかもしれないとうっかり納得《なっとく》しそうになる。

幽霊について詳しくはないけれど、もしも身分が引き継がれるのであれば、幽霊になっても大変だろう。思わず幽霊に同情してしまった。

「ですが、幽霊はともかく、呪いは防げませんよね？」

「うん。でも呪うよりも直接刺《さ》す方が早いし、直接毒を盛った方が早い。だから実のところ、呪いは存在していても、そんなに効果がないと思っている。効果があるなら、みんなが呪いを使うだろうし、私も色々な人を呪っただろう」

茉莉花は「誰を呪いたいんですか？」と言えなかった。聞いたら共犯になってしまう。一生抱えこまなければならない秘密を増やしたくはない。

「陛下のお話を聞いていると、不安が勝手に薄まります……」

珀陽を見ていると、悪意をもっている人間が一番怖い気がしてきた。

（……ううん、でもやっぱり、追《お》い詰《つ》められている人間が一番怖いかも）

相手に悪意があっても、理性によって止まってくれるときもある。

しかし、追い詰められている人間には理性が働かない。突発的《とっぱつてき》にとんでもないことをされてしまったら……。

「でも、不安は大事なものだよ。無理をしなくなるから」

茉莉花があれこれと考えていると、珀陽がとても優《やさ》しいことを言ってくれた。

「安州には雪が降ることもまだあるだろうし、本当に無理しないでほしい。なにかあったら安州の州牧に助けを求めて保護してもらうように」

「はい、わかりました」

珀陽はきっと、茉莉花の旅の無事をわざわざ祈りにきてくれたのだ。その目的はこれで果たせた。

残念だけれど、忙しい珀陽はそろそろ帰らなければならない……と思っていたら、珀陽はなぜか茉莉花の寝台に寝転《ねころ》ぶ。

「ときどき、叶《かな》わない夢を見るときがあるよ。皇帝にならなければよかったと思うことはないけれど、皇帝になるのはもう少し遅くてもよかったんじゃないかとね」

「遅く……ですか？」

「そうしたら、文官として茉莉花と一緒《いっしょ》に安州の視察へ行けたかもしれない」

珀陽は皇太子《こうたいし》になれなかった皇子《おうじ》だ。後《うし》ろ盾《だて》がない皇子のままでいるよりも、自分の才能を存分に発揮できる臣下の道を選び、ついには科挙《かきょ》試験に合格したという素晴《すば》らしい経歴のもち主である。

（文官になった珀陽さまと一緒に仕事をしていたら……）

それはそれで楽しそうだ。もしかすると、手柄を争う仲になったかもしれない。

──でも、それはただの夢物語だ。

茉莉花は、今の自分たちの関係は奇跡《きせき》を積み重ねた上にあると思っている。ここにくる途中《とちゅう》でなにか一つでも違う選択《せんたく》をしていたら、こうして寝台の上で会話をすることはなかっただろう。

「わたしは陛下と一緒に視察へ行くことはできませんが、その代わりに帰ったらたくさんのお話をしますね」

思い出の共有は、あとからでもできる。

茉莉花の言葉に、珀陽は二度の瞬《まばた》きをしてから微笑《ほほえ》んだ。

「楽しみにしているよ。どんな些細《ささい》なことでも帰ったら話してほしい」

「はい」

珀陽なら、呪いの森を抜けるときにちょっと怖くなったとか、夜一人になったらどきどきしたとか、そういう話も真面目に聞いてくれるだろう。

何年も経《た》ってから、あんなことがあったねと語り合えるのなら、それはもう『一緒に視察をした』と言ってもいい気がした。

「あ……もしかして、そのお札って……」

不意に珀陽の視線が小さな卓に向けられる。

茉莉花は、もらった札と買った塩を珀陽に見せた。

「岩紀階さんという蕭州の商人がいるのですが、彼からよく効くという魔除けのお札を頂いたんです。この塩は餞別としてわたしに渡《わた》そうとしてくれたものなんですが、賄賂になってはいけないと思って、割引での買い取りにさせてもらいました」

「茉莉花って真面目だなぁ。少量の塩なら賄賂と思う人はさすがにいないよ」

どれどれと珀陽はお札を手に取り、そして塩も手に取った。

「塩か……。やっぱりこの国にも海がほしいな。暁月《あかつき》にねだったら、赤奏国《せきそうこく》の小さな島の一つぐらいもらえないかなぁ」

珀陽がとんでもないことを言い出す。

白楼国は内陸の国だ。それでも雨がしっかり降り、大河が流れているおかげで、水に困ったことはない。しかし、塩に関しては塩湖頼《えんこだよ》りになっている。海に面した国と仲よくしておかないと、いざというときに大変なことになってしまうだろう。

「ん？　……これ、随分《ずいぶん》と高級な塩だね」

珀陽が紙に包まれた真っ白な塩を見て驚く。

茉莉花も覗きこみ、そして塩の粒《つぶ》の状態に息を呑《の》んだ。

「売れ残りの塩で安く買えたものだと紀階さんは言っていたのですが……」

茉莉花は塩を指につけて舐《な》めてみる。はっきりとした塩味を感じた。おまけに舌ですっと溶《と》け、ざらつきが残らない。これは高級な塩だ。

「白楼国の塩商人？」

「黒槐国の商人だそうです」

「……黒槐国？　こんなにいい塩があれば、お金に苦労することはなさそうなのに」

黒槐国がこの塩を内陸部の豊かな国に売りつけることができていれば、采青国《さいせいこく》に払わなければならない賠償金《ばいしょうきん》の資金に充《あ》てることができたはずだ。

けれども、黒槐国はそれをしていない。

（ということは……）

茉莉花と珀陽は顔を見合わせてしまう。

高級品の塩を『売れ残りの塩』と言い、安く売ってくれる塩商人。

これが示すものは一つしかない。

「密輸品《みつゆひん》……ですね」

「どこの国にも、密《ひそ》かに塩をつくって異国へ売りに行く人はいるだろう」

こういうの困るんだよね、と珀陽はため息をついた。

適正価格よりも安い塩が国内に出回ったら、国でつくっている塩が売れなくなる。これはいつの時代にもどんな地域にも発生する問題だ。

大きな密売組織が本格的な金儲けをしているのであれば、さすがに目立つ。捕まえることもそう難しくないだろう。しかし、個人が小金ほしさに少しの密売をしているだけなら、手がかりを得ることさえも難しくなる。

「次からは国に許可をもらっている塩商人かどうかを確かめてから買うように、と伝えておいてくれ」

「わかりました」

珀陽は、今回は紀階を見逃《みのが》すと言ってくれた。客として少量の塩を買っただけで、取引とも呼べないものだからだろう。

（商人も大変だわ）

取引先が犯罪に関われば、自分も疑われる。

彼らは商人として、信頼《しんらい》も売り買いしなければならないのだ。

第二章

茉莉花《まつりか》は官吏《かんり》の旅券を使って順調に旅を続け、湖州《こしゅう》の西側にある安州《あんしゅう》へ無事に着くことができた。

安州の州牧《しゅうぼく》は宣阿合《せんあこう》という男性だ。

子星《しせい》によると「陶芸《とうげい》を趣味《しゅみ》にしている普通《ふつう》の州牧です」ということなので、普通に仕事をしつつ賄賂《わいろ》をもらっている人物なのだろう。

(調査に協力してもらうためにも、わたしへの好感度を上げておきたい。趣味の話で盛り上がれるように陶芸の知識を詰《つ》めこんでおいたけれど……)

茉莉花が芸術品に触《ふ》れる機会を得たのは、女官《にょかん》になってからだ。

そのせいか、芸術品を見ても『高いか安いか』『有名か無名か』『頑丈《がんじょう》か壊《こわ》れやすいか』『磨《みが》きやすいか磨きにくいか』がどうしても気になってしまうので、芸術を愛《め》でるという才能はまったくないのだろう。

(深い話になったら……乗りきれるかしら)

茉莉花は不安になりながらも、よしと気合を入れた。

宿に荷物を置いたあと、早速《さっそく》州庁舎へ顔を出しに行く。

「運河の建設計画の追加視察を任された皓《こう》茉莉花です」

茉莉花は、州庁舎の入り口のところにいた胥吏《しょり》に身分証となる木札を見せる。

すると、胥吏は木札をじろじろ見たあと、はっとした。木札に書かれている『文官《ぶんかん》』という身分に気づいたのだろう。まさかと言いたそうな表情になった彼は、慌《あわ》てて武官《ぶかん》を呼びに行く。

やってきた武官は、茉莉花をじろじろ見ながら木札を確認《かくにん》し——……背筋を伸《の》ばした。

「お待たせしてすみません。州牧の執務室《しつむしつ》へご案内します」

「ありがとうございます」

事前に視察をすると言っておけば、茉莉花は身元の確認をされることはなかっただろう。

しかし、その場合、不都合な書類を隠《かく》されたり、内容を書き換《か》えられたりすることもあるので、できれば突然《とつぜん》訪ねて突然調査を始めた方がいい。

「いやぁ！　皓茉莉花くんだね！　シル・キタン国と戦争をすることになったときの合同作戦以来だね！　元気にしていたかい？」

宣州牧は茉莉花を大歓迎《だいかんげい》してくれた。昔から親しかったかのような顔をされてしまったけれど、実はこれが初対面である。

茉莉花は湖州の州牧補佐をしていたとき、湖州の州牧代理を務めたことがある。その際に安州の州牧へ応援《おうえん》を頼《たの》む手紙を書いたことがたしかにあった。けれども、それだけだ。

（このぐらいのことができないと、州牧にはなれないのかもしれないわ）

茉莉花は、宣州牧の処世術に感心しながらも笑顔《えがお》をつくる。

「あのときはありがとうございました」

「いやいや、お役に立ててよかったよ。中央では随分《ずいぶん》と活躍《かつやく》しているらしいね。私も鼻が高いよ」

宣州牧は最初から茉莉花を応援していたかのような話をぐいぐいとねじこんでくる。

禁色《きんじき》を使った小物をもっている茉莉花に取り入ろうとしていることが、とてもわかりやすかった。

（でも、協力的なのはありがたいわ）

これなら資料集めに困ることはないだろう。

茉莉花は早速仕事の話を始める。

「前回の工部《こうぶ》の視察の報告書に不備があったんです。安州の州庁舎に保管されている税の記録を見せてもらってもいいでしょうか？」

「税の記録？」

「洪水《こうずい》があった翌年は減税されるので、そこから何回洪水が起きたのかわかるんです。前回は洪水の被害《ひがい》の状況《じょうきょう》を調べていなくて……。運河の堤防《ていぼう》の高さを決めるために必要な情報なんです」

「ああ、そういうことね。わざわざ大変だねぇ」

宣州牧はほっとしたような顔をした。

茉莉花が求めている情報は堤防の高さを決めるもので、それは工部案になっても安州案になっても必要なものだから、どちらの案にするかを決める判断材料にはならないと宣州牧は安心したのだろう。

(今のは、細かい税の記録を見せてもらうための言い訳なのよね)

どうやら邪魔《じゃま》が入ることはなさそうだと茉莉花もほっとしていると、宣州牧がいきなり声を低くする。

「……ところで、それは急ぎの仕事?」

「いえ……、のんびりはできませんが、今日中にというわけでは……」

宣州牧はなにを言いたいのだろうか。

茉莉花がその意図を読み取るために宣州牧の表情を観察していると、宣州牧はぐっと身を乗り出してきた。

「今、とても大変なことになっているんだ！　君の力を貸してほしい！」

突然宣州牧に頭を下げられた茉莉花は、戸惑《とまど》ってしまう。

「お力になれるかはわかりませんが、とりあえずお話だけでも聞かせてください」

国に関わる大変な事態が発生しているのであれば、視察よりそちらを優先すべきだ。

しかし、賄賂の金額がどうのこうのという話であれば、聞かなかったことにして、視察を優先すべきだろう。

「実は私の大事な碗《わん》がね、ついさっき盗《ぬす》まれてしまったんだ！」

「……それは大変ですね」

茉莉花は表情に気をつけつつ、気の毒だけれど優先順位は低そうな話だと判断する。

「州牧の部屋の隣に、私の大事な壺《つぼ》や碗を置く部屋があるんだけれど……」

茉莉花はその話を聞いて、州庁舎に私的な部屋をつくるのはよくないのでは……？　と思いながらも黙《だま》って頷《うなず》いた。余計なことは言わない方がいい。それが正しいことでもだ。

「いつも胥吏に部屋の掃除《そうじ》をしてもらったり、木箱についた埃《ほこり》を拭《ふ》き取《と》ってもらったり、部屋に飾《かざ》るものを変えてもらったりしていて……」

茉莉花は、そのほとんどは胥吏の仕事ではないと思いながらも、また黙って頷いた。ほとんどにしたのは、部屋の掃除は胥吏の仕事だとぎりぎり言える気がしたからである。

「今日は季節に合わせて部屋の模様《もよう》替《が》えをしていたんだけど、いつの間にかあるはずの碗がなくなってしまったんだ……！　誰《だれ》かに盗まれた！　間違《まちが》いない！」

よくある話だ。しかし、ついさっきならまだ取《と》り戻《もど》せるかもしれない。

「さっきとおっしゃっていましたが……」

昨日か、今朝か。茉莉花が詳《くわ》しい話を求めると、宣州牧はよくぞ聞いてくれたと眼《め》を輝《かがや》かせる。

「本当についさっきなんだ！」

「では、最後に見たのはいつでしょうか？」

「ついさっきなんだよ！　だから今、州庁舎の出入り口を全部封鎖《ふうさ》して、犯人を探しているんだ！」

茉莉花は、とんでもないときに州庁舎にきてしまったことを悟《さと》った。

「茉莉花くんはたった今きたばかりだから、絶対に犯人ではない。安心して犯人探しを手伝ってもらえるよ」

いやぁ、よかったよかった、と宣州牧は笑う。

茉莉花は、この騒動《そうどう》が一段落しない限り、州庁舎から永遠に出してもらえないことを察してしまった。

「とりあえず、碗を保管していたという部屋を見せてもらってもいいでしょうか？」

「ああ、うん。こっちの部屋だよ」

宣州牧は、州牧の部屋の左隣を指差す。扉の前には、見張り役だと思われる胥吏が立っていた。

「失礼します」

茉莉花は声をかけつつ隣の部屋に入る。すると、部屋の中には官服《かんぷく》を着ている男性が何人か立っていて、誰もがきょろきょろしていた。

「銅楽《どうらく》くん！　犯人が残していったものは見つかったかい？　髪《かみ》の毛《け》とか、爪《つめ》とか！」

宣州牧の問いかけに、官服を着ている男性が振《ふ》り返《かえ》りながら答えた。

「見つかっていません。……こちらの女性は？」

「ああ、運河建設の件で追加の視察をしにきた晧茉莉花くんだよ。工部の視察の報告書に不備があったから、わざわざここまできてくれたらしい。茉莉花くん、彼は州牧補佐の票《ひょう》銅楽くん」

「初めまして、晧茉莉花です。お世話になります」

茉莉花がにこにこしながら銅楽に挨拶《あいさつ》をすると、銅楽は「あの禁色の……」という表情になる。

「初めまして。州牧補佐の票銅楽だ。……本当に申し訳ないんだが、ちょっと立てこんでいて……」

銅楽はうんざりしていることを隠さない。州牧の個人的な部屋で起こった盗難《とうなん》事件に巻きこむなと言いたいのだろう。

「宣州牧！　一階に胥吏を集めました！」

「よし！　今から身体検査と荷物検査だ！」

宣州牧は呼びにきた武官と共に走っていった。

茉莉花は苦笑《くしょう》しつつ、銅楽から詳しい話を聞くことにする。

「大変なときにきてしまってすみません」

「いやいや、こちらこそ……」

「つい先ほど発生した事件だと聞きました。きっとすぐに解決しますよね？」

発覚直後に州庁舎を閉鎖《へいさ》できたのなら、盗まれた碗はこの州庁舎内のどこかにはあるはずだ。荷物検査を行い、部屋を一つずつ徹底的《てっていてき》に捜索《そうさく》していけば、おそらく夜中までには出てくるだろう。

「いや、それが……、あれは盗まれるようなものではないんだ」

「もしかして、一人では抱《かか》えきれない大きさのものだったんですか？」

茉莉花が首をかしげれば、銅楽は部屋の中にあるとあるものを指差した。

「君はあれを見てどう思う？」

銅楽の指の先には大きな皿がある。両手でもたなければならない大きさの皿は、とても迫力《はくりょく》があった。

（わたしは芸術がよくわからないのよね……）

自分の好みかそうではないかの判断なら難しくない。

しかし、芸術作品となると、違《ちが》う見方をしなければならなくなる。子どもがつくったような不出来な皿に見えても高い値段がついていることもあるし、いいなと思ったものでも

「もらっていいよ。がらくただから」と言われるときもあるのだ。

「えぇーっと……不勉強ですみません。どなたの作品かわからなくて」

茉莉花は皿を褒《ほ》めることを諦《あきら》め、自分の至らなさを主張することにした。

きっとこのあと、銅楽が皿の解説をしてくれるだろう。それにすごいですねと言い、銅楽の気分をよくさせるという作戦に切り替える。

「……だよね。実はこれ、宣州牧の作品なんだ」

「えっ⁉」

茉莉花は驚《おどろ》いてしまった。大事なものと言っていたから、古くて高価なものだと思いこんでいたのだ。しかし、自分の作品もたしかに大事なものである。

「宣州牧は陶芸家でもあったんですね」

「まあ、趣味は自由だよね……」

銅楽はげんなりした声を出す。

茉莉花は改めて部屋のあちこちに飾られている壺や皿や碗を見てみた。それらはどこかが必ず歪《ゆが》んでいる。

下手なのか芸術的なのかの判断は難しいので、黙っておくことにした。

「こんなものを質屋《しちや》にもっていっても、自分で割って捨てろと言われるだけだ。……盗まれると思う？」

「あっ……！」

茉莉花は新たな可能性を思いついてしまう。

古くて高価なものが盗まれたという思い込みをしていたので、その可能性を排除《はいじょ》していたのだ。

「誰かがうっかり割ってしまった……!?」

「俺はもう破片《はへん》になっていると思うよ。『破片』を隠していないか、俺も荷物検査を見てくるね。君も行く？」

「……行きます」

嘆《なげ》いている宣州牧がいたら慰《なぐさ》め、激怒《げきど》している宣州牧がいたらまあまあとなだめる。そういうことなら自分にもきっとできるはずだ。

（やけ酒につきあうぐらいはしましょう……）

茉莉花は、今日はもう仕事に手をつけることを諦《あきら》め、身体検査と荷物検査の様子を見に行くことにした。

——しかし、碗の破片はどこからも出てこない。

茉莉花は、誰かが碗の破片を粉々にしてあちこちの窓から捨てたという可能性を思いつく。しかし、それをくちにすると庭探しが始まるだろう。州牧補佐や胥吏にそこまでのことをさせるわけにはいかない。

「宣州牧、もしかしたら庭に埋《う》めたという可能性も……」

とある州牧補佐の発言のあと、皆《みな》が心の中で「やめてくれ！」と叫《さけ》んだ。

そして、宣州牧は予想通りの命令をする。

「庭を掘《ほ》り起《お》こせ！」

州牧補佐、胥吏、武官、州軍《しゅうぐん》の皆が、うんざりした表情で庭に降りていく。

「……早く見つかりますように」

茉莉花はもう一度、宣州牧の作品を飾っている部屋に行ってみた。

宣州牧によれば、模様替えをするために胥吏へ「あれを出して」「これをしまって」と色々な指示を出していたらしい。木箱にしまうものは、きちんと埃を拭いてから入れるようにとも言ったとか。

模様替えの作業が始まってすぐ、別の胥吏が宣州牧のところへ書類の確認にきたので、宣州牧は一度この部屋を出た。用事はすぐに終わったけれど、部屋に戻ったときにはもう碗がなくなっていた。

ちなみに、なぜ碗の紛失が発覚したのかというと、片付けが終わると同時に空の木箱が一つ生まれてしまったからである。

「模様替えをしていた胥吏の気持ちを考えてみましょう」

茉莉花は、後宮《こうきゅう》で働いていたときのことを思い出す。

季節に合わせた模様替えは、後宮でもよくしていた。

「あれを出して」「これをしまって」の指示が多くても、茉莉花は一度聞いただけで覚えることができるので、同僚《どうりょう》から「先輩《せんぱい》はなんて言ってたっけ？」とよく確認されていた。

「わたしなら……、拭き掃除はまとめてしたいわ」

拭かなければならないものを卓上《たくじょう》にまとめておき、一気に拭いて、それから箱にしまっていく。

しかしこのやり方は、指示をしっかり覚えておける自信がないと、指示を紙に記しておくという作業が発生するため、逆に面倒《めんどう》くさいことになる。

同僚の女官《にょかん》は、「しまう場所を間違えてあとで叱《しか》られるよりも、面倒だけれど一つずつ拭いてからしまった方がいい」と言っていた。

「あ……」

茉莉花は絶対に間違えない自信がある。だからこそ、今までその可能性を思《おも》い浮《う》かべられなかった。

「そうだわ……！　ここで作業をしていたのはわたしじゃない……！」

意識しないと、つい自分を基準にして考えてしまう。

茉莉花は急いで木箱を一つずつ開けていき、中身を確認していった。

これは別の意味で値段がつけられない大事なものなので、手巾越《しゅきんご》しにそっと中身を取り出し、慎重《しんちょう》にひっくり返していく。

「あった……！」

確認作業が半分ほど終わったとき、茉莉花はようやくお目当ての木箱を発見した。器《うつわ》が二つ重なったまましまわれている。

（やっぱり……！　この卓《たく》は大きくないから、拭き終わったものを重ねたのね）

胥吏は重ねられたものをそのまましまってしまった。だから木箱が一つ余ったのだ。

こうなったら、どれだけ州庁舎内にいる人の荷物を探しても、どれだけ庭を掘り起こしても、碗は絶対に出てこない。出てくるとしたら来年……この木箱を開けるときである。

「宣州牧！　この碗ではありませんか⁉」

もう薄暗《うすぐら》くなっている中、茉莉花は碗をもって窓から庭に向かって叫ぶ。

宣州牧は茉莉花の手にある碗を見て、「あ！」と言った。そして慌てて建物の中に入ってくる。

「茉莉花くん！　見せてくれ！　ああ……！　これだ！　これだよこれ！」

宣州牧は歪んでいる碗を両手でそっともち、涙《なみだ》を浮かべていた。

感動的な場面のはずだけれど、追いかけてきた人たちは「これでようやく解放される」という疲《つか》れきった表情になっている。

「どこにあったんだい？」

銅楽の疑問に、茉莉花は苦笑してしまった。

「この木箱の中に、二つの碗が重なった状態で入っていまして……」

衝撃の事実を知った皆は、なんてことだとうなだれる。

碗の紛失《ふんしつ》騒動は午後を丸々潰《つぶ》しただけでは終わらず、仕事終わりの時間をすぎても続いたのに、結末はあまりにもあっけない。

「茉莉花くん、見つけてくれて本当にありがとう……！」

宣州牧だけは感動的な結末を味わっている。

茉莉花は穏《おだ》やかな微笑《ほほえ》みを浮かべておいた。

「いえいえ、お役に立ててよかったです」

「君は私の恩人だよ！　必ずお礼はするからね！」

宣州牧はよかったよかったと言いながら、碗を丁寧《ていねい》に拭き始める。

茉莉花は銅楽に「皆さんに帰っても大丈夫《だいじょうぶ》だとお伝えください」とそっと頼んだ。

（わたしは視察をしにきたはずなのに……）

視察一日目は、視察にまったく関係のない事件の解決をして終わりになってしまった。

翌日、茉莉花《まつりか》は再び州庁舎を訪問する。

州牧《しゅうぼく》の執務室に入ると、宣《せん》州牧はにこにこしながら「茉莉花くんにお茶とお菓子《かし》を用意してあげなさい」と胥吏《しょり》に命じた。

「昨日お願いしていた税の記録についてですが……」

「ああ～、それね。銅楽《どうらく》くん、茉莉花くんに教えてあげて」

宣州牧は、州牧補佐の銅楽に茉莉花の用件を回す。

すると、銅楽は近くにいた胥吏を呼んだ。

「彼は胥吏の胡孟弘《こもこう》だ。君、茉莉花くんを案内してあげなさい」

茉莉花は孟弘に挨拶をする。すると、孟弘はとある人物を呼び出した。

「彼が税務担当の祖習任《そしゅうにん》です。君、茉莉花さまのご案内を」

「祖習任です！　よろしくお願いします！」

「晧《こう》茉莉花です。こちらこそよろしくお願いします」

茉莉花は習任に挨拶をしたあと、ようやく習任の案内で州牧の執務室から出ることができた。ちなみに、茉莉花のうしろには、茶と菓子を載せた盆《ぼん》をもつ別の胥吏がついてきている。

(この感じ、懐《なつ》かしいわ)

湖州《こしゅう》の州牧と州牧補佐も、どこになにがあるのかをわかっていなかった。そして、胥吏もまた、自分の仕事に必要な分の資料しか把握《はあく》していなかった。

茉莉花は、担当の人間にたどり着くまで用件が次々に回されていくことに、最初はとても困惑したものだ。

「茉莉花さま、こちらが税務の記録簿《きろくぼ》を保管している部屋です。去年のものはこの棚《たな》のこの辺りにありまして……」

「ありがとうございます。では、この棚の記録簿を順番に取り出していって、年ごとに並べ直すのを手伝ってもらってもいいでしょうか？」

「わかりました。何年分ですか？」

「あるだけお願いします」

茉莉花が穏やかに微笑めば、習任は「え？」と言いたそうな顔になった。

「……あるだけ、ですか？」

「はい。よろしくお願いしますね」

地方での記録の管理の仕方は、とんでもなく雑である。年ごとに並んでいなかったり、破棄《はき》していなかったりと、そのときどきによって扱《あつか》いも変わる。

「……あの」

「よろしくお願いしますね」

官吏《かんり》の言うことは胥吏にとって絶対だ。それが年下の女性であったとしても。

（でも、居残りはさせないようにしないと……！　上司として、仕事の時間内だけしっかり働いてもらうようにするのは、当然のことだもの）

胥吏が家に帰れなくなる年末恒例《こうれい》の予算案の資料づくりの時期はすぎている。二、三日だけなら習任を借りても問題ないはずだ。

「それでは、わたしはここから始めます」

「……は、はい」

茉莉花は記録簿を端から取り出していく。中身を見て年を確認し、卓に置く。それをひたすら繰《く》り返《かえ》し、棚の整理を進めていった。

棚から記録簿を取り出す音、それをめくる音。

ただそれだけが部屋の中に響《ひび》いている。

「茉莉花くん、困ったことはないかね……って、これは一体……!?」

途中、宣州牧が様子を見にきてくれたのだけれど、卓にずらりと広げられた記録簿を見て驚いた。

「記録簿がばらばらにしまわれていたので、順番通りになるよう直しているんです。宣州牧はお忙《いそが》しいですか？　よかったら……」

「そ、そう。がんばってね！　実はね、私はとても忙しいんだ！　確認待ちの書類がたまっていた！」

宣州牧は茉莉花の面倒すぎる作業に巻きこまれたくなかったようで、すぐに撤退《てったい》判断を下す。

(昨日のお礼に手伝ってくれるかもしれないと思ったけれど、考えが甘かったみたい)

茉莉花は残念だと思いながら黙々《もくもく》と作業を続けていく。

「茉莉花さま！　そろそろ休憩《きゅうけい》しませんか!?　お疲れでしょう！」

西日が差すころ、習任がそう切り出した。

茉莉花は手元の記録簿から顔を上げる。

「そうですね。では、お茶の準備をお願いします」

「はいっ！　すぐに！」

どうやら習任は疲れてしまったようだ。休憩を取らせることを忘れていた。

茉莉花は言われる前に気づくべきだったと反省する。

(わたしは単純作業もけっこう好きだけれど、苦手な人もいるわよね)

どうやら記録簿の整理整頓の方法を改善する必要がありそうだ。

あとで手が空いている胥吏を二人ぐらい捕《つか》まえて、明日は三交代制で働かせてみよう。

「部下を上手《うま》く働かせるのは難しいわ……」

得意分野の仕事を割《わ》り振り、集中できるようにし、そしてきちんと休ませる。

効率がよくなるようなやり方はそれぞれ違うだろうから、相手をよく見ておかなければならない。

（でもそうすると自分の作業に集中できなくなる……、ああ、上司は本来みんなと同じ仕事をしてはいけないいんだった）

自分も作業に加わった方が絶対に速く終わるけれど、今度は部下の仕事を上手く回せなくなる。部下にとっての『いい上司』になるためには、上司としての経験がもっと必要だろう。


茉莉花は、三日かけて税の記録簿を整理し、そしてすべてを読みきった。

お礼代わりに手伝ってくれた胥吏三人を食事に誘《さそ》うと、彼らは「やっと終わった……！」「うう……腕《うで》が痛い……」「眼が霞《かす》む……」と言いながら喜んでくれる。

「皆さん、お疲《つか》れさまでした」

茉莉花は、財布《さいふ》係は打ち上げの場から早々にいなくなった方がいいことを知っていたので、早めに席を立って四人分の支払《しはら》いをすませてから店を出た。

「う〜ん……」

夜道を歩きながら、運河の建設計画について考えてみる。

安州《あんしゅう》案は、『工部《こうぶ》案では大変な工事になってしまう部分がある』という主張の元につくられていた。

しかし、記録から読み取れる情報だけでは、『工部案のままでも、どこも大変な工事にはならない』という結論になってしまう。

(わたしは税の記録から、運河の建設に向いている土地かどうかを具体的な数値にしてみたかったのよね)

開墾《かいこん》のしやすさと、農地に適している土地かどうかは、税の記録を見ればいい。

土地が切り開かれた最初の数年の記録……毎年農地をどのぐらい増やしていったかを見ていけば、開墾のしやすさがわかる。石や岩ばかりで農地に適していない土地の開墾は、なかなか進まないからだ。

農地に適しているかどうかは、作物がどれぐらい穫《と》れるかで決まる税率を見ればわかる。作物が穫れないと、税は軽くなるのだ。

(安州は、易雲《えきうん》の村辺りは工事がしにくいという主張をしていた)

たしかに易雲の村辺りの土地は、農地に適していない。あまり作物が穫れなくて、税率も低い。

しかし、開墾が大変だったという記録はなかった。

(どちらかといえば、そういう痩《や》せた土地は、運河建設にとってとても都合がいいのだけれど……)

豊かな土地を潰して運河をつくるよりも、工事がしやすくてあまり作物が穫れない土地に運河を通した方がいいだろう。

「でも、実際に土地を見てみないと、本当のことはわからないわね」

洪水によって大岩がたくさん運ばれてきて、岩がごろごろ転がったままの土地になっているのかもしれない。

地震《じしん》によって大きな地割れができたのかもしれない。

もしかすると、穴を掘れば温泉が出てきてしまうのかもしれない。

「明日、宣州牧に建設予定地の土地を見てみたいとお願いしてみましょう」

運河の建設予定地は、乗合馬車が通っているような大きな道の近くばかりにあるわけではない。

宣州牧の権力があればその土地に詳しい人や馬車を借りることができるはず……と思っていたら、想定外の事態になってしまった。

「現地を見るというのは、視察においてとても大事だよ！」

茉莉花の頼みを聞いた宣州牧は、うんうんと笑顔で頷く。

これなら色々な手配をしてくれそうだと茉莉花がほっとしていたら、宣州牧はとんでもないことを言い出した。

「茉莉花くんにはお世話になったからね。私たちが案内しよう。君、準備を」

宣州牧は州牧補佐に声をかけ、州牧補佐は胥吏に声をかけ、その胥吏は視察の準備を担当している胥吏へ声をかけに行く。

茉莉花がはっとしたときには、州牧や州牧補佐と共に大規模な視察団をつくり、みんなで運河の建設予定地を見に行くことになってしまっていた。

（こういうことってあるの……⁉）

茉莉花は馬車の中で宣州牧をもち上げる会話をしながら、どういう状況になっているのかを必死に確認する。

茉莉花は工部の人間ではないし、安州側の人間でもない、中立の立場だ。茉莉花の視察の結果次第《しだい》でどの案になるのかが決まるかもしれないだけで……。

（つまり、わたしは宣州牧に接待されている……ということかしら）

そうだとしても、州牧や州牧補佐も一緒《いっしょ》にくるのは大げさな気がした。

もしかしたら彼らにも元から視察の予定があって……いや、そうであっても州牧補佐のほとんどがついてくるのはやはりおかしい。州庁舎をたった一人の州牧補佐に任せてしまうなんてありえない。

「あれが保景《ほけい》の街だ。我々はこの辺りに運河を通したいと思っていてね」

宣州牧は一面の農地を見ながら安州案の説明をしてくれる。

茉莉花は地図を見ながら頷いた。

「たしかに工事がしやすそうな土地ですね」

次は工部案の建設予定地に向かってもらう。

「この辺りの地盤《じばん》は悪くてねぇ。見ただけではわからないけれど、掘ると石がごろごろ出てくるんだ。水も染《し》み出してくるし」

「……そうなんですか」

茉莉花は、この辺りには雨があまり降らず、地下水もないので、用水路をわざわざつくったということを知っていた。

五十年ほど前に土地を開墾したとき、順調に農地を広げることができたということも知っている。

(宣州牧は嘘《うそ》をついている？　それとも、誰かの嘘を信じている？　……昔とは状況が変わっているのかもしれないし、近くの街の人の話も聞いた方がよさそう)

今は宣州牧に張りつかれているので、街に行っても彼に邪魔をされて街の人や村の人の本音が聞けないかもしれない。

州庁舎に戻ったあと、首都に帰りますと嘘をついて、それから今度は一人でこの辺りの街にきてみよう。

「暗くなってしまったね。州牧補佐たちが瑞北《ずいほく》という街で宿の手配をしてくれているから、そこで一泊《いっぱく》しよう」

「ありがとうございます」

朝から馬車を走らせていたけれど、やはり日帰りは無理だった。

(明日は一日かけて州都に戻って、それからまた一日かけてここに戻ってくる……)

できれば自分だけ瑞北に残りたいのだけれど、州牧は「私もつきあうよ！」と言って、笑顔で茉莉花を見張ろうとするだろう。

(そこまで都合よくとはいかない……か。数日後にはまた一人旅になるから、せめて今夜ぐらいは宿でゆっくり……)

茉莉花はそんなことを考えていたけれど、思い通りの展開になってくれなかった。

なぜかというと、茉莉花が連れて行かれたのは、宿ではなくて妓楼《ぎろう》だったからである。

(……接待だからそうなるわよね!?)

茉莉花は、煌《きら》びやかな妓楼でなにが行われているのかを知っている。けれども、実際に足を踏《ふ》み入《い》れるのはこれが初めてだ。

豪華《ごうか》な料理に高いお酒。華《はな》やかな楽と見惚《みと》れるような舞《まい》。それから両側に美しい妓女《ぎじょ》。この接待は男性の官吏なら喜んでもらえるだろうけれど、茉莉花は女性である。喜びよりも先に戸惑いがきてしまう。

(それに、わたしは後宮の宴《うたげ》を知っている)

地方の街の妓女は、どれだけがんばっても後宮の妓女に敵《かな》わない。

茉莉花は楽の音色や舞い手の技量の違いにすぐに気づいたけれど、宣州牧に「素敵《すてき》ですね」と喜んでみせた。

（せめて料理だけでも楽しみましょう）

接待をしてくれる妓女は、相手を喜ばせる話術や気遣《きづか》いが上手い。

茉莉花は「お酒を飲むと吐《は》いてしまうんです……」と妓女に小声で嘘をつき、ひたすら水を注《そそ》いでもらった。

「茉莉花くん、これは君へのお礼も兼《か》ねているんだ。遠慮《えんりょ》なくどんどん飲みたまえ」

「ありがとうございます。州牧もどうぞ」

州牧から注がれてしまった酒は、隣の妓女がそっと引き受けてくれた。あとで礼を渡《わた》さなければならない。

（州牧と州牧補佐が視察についてきたのは、妓楼で遊ぶ予定を入れていたからなのね）

茉莉花はため息を堪《こら》えながら料理に手をつける。けれども、すぐにはっとした。

後宮で働いていると、宴の余りものを口にすることがある。酒もそうだ。

一流の素材や味に触れることができた茉莉花には、これがどれだけ高級なものでつくられたのかがわかる。

（待って……！　州牧の接待に気を取られていたけれど、妓女の方々の着ているものが明らかに……⁉）

布地がよすぎる。後宮の妃《きさき》が着ているようなとても高価なものだ。そして宝飾品《ほうしょくひん》も偽物《にせもの》ではない。

正直なところ、ここは地方のそこそこの妓楼とは思えない。これは首都の上役の官吏たちが使うような高級妓楼である。

（誰かがこの妓楼にかなりのお金を出して……、うん……宣州牧、かな……）

しかし、州牧の給金だけでは、ここの妓楼を首都の高級妓楼並みに潤《うるお》すことはできないはずだ。

つまり、宣州牧は相当な金を受け取っているということである。

（どうしよう……！　州牧の賄賂の追及《ついきゅう》はわたしの仕事の領域ではないし、監査《かんさ》にひっかかっていないのなら、見て見ぬふりをしてもいいはずだけれど……！）

今、国と安州は運河の建設計画を進めている。もしかして宣州牧の懐《ふところ》に入ってくる賄賂は、運河建設の資材を用意する商人から受け取ったものではないだろうか。

そして、その商人たちはどこから金を用意したのかというと、資材に使われるはずだった金という可能性もある。

このまま宣州牧の賄賂疑惑《ぎわく》を放置してしまうと、運河の建設工事で手抜《てぬ》きされてしまうのではないだろうか。

（運河建設は国の一大事業……！　わたしの仕事の範囲《はんい》内ではないと言っている場合じゃ

ないかも……！）

茉莉花は笑顔を保ちながら、これからどうすべきかを考える。

自分がただの新人文官であれば、賄賂の追及をしない方がいいだろう。いずれ、宣州牧が監査にひっかかったときに、みんなと一緒に「そうだったんだ」と言えばいい。

しかし、自分は皇帝《こうてい》から禁色《きんじき》を使った小物を頂いた文官だ。皆の手本となる清廉潔白《せいれんけっぱく》な文官でなければならない。

——もう少しだけ調べてみようかな。

賄賂の証拠《しょうこ》をある程度摑《つか》めたら、皇帝にこの件を直接もちこみ、御史台《ぎょしだい》による監査を入れてもらうこともできるだろう。

賄賂による接待というのは、茉莉花《まつりか》にとってとても気まずい。

茉莉花は申し訳ない気持ちになりながらも、一度州都に戻ってきた。

そして、宣州牧《せんしゅうぼく》に別れの挨拶をし、とても素晴《すば》らしい視察になりましたともち上げておく。

「茉莉花くん！　この壺を君に贈《おく》ろう！　もっと大きなものを贈りたかったけれど、もち帰るのが大変だろうから……。あのときは本当に助かったよ」

「わぁ、素敵な壺を頂けて嬉《うれ》しいです……」

別れの挨拶のときに、茉莉花は宣州牧作の小さな壺をもらってしまった。

（漬物《つけもの》壺にできそうかな……？）

壺を抱えながらそんなことを思っていると、州牧補佐の銅楽《どうらく》が小さな声で大事な話をしてくれる。

「宣州牧の壺の蓋《ふた》はきちんと閉まらないから、漬物を入れても駄目《だめ》にするよ」

「……教えてくださってありがとうございます」

どうやらこの壺は、部屋に飾ることしかできないようだ。物が少ない部屋を賑《にぎ》やかにしてくれるはずだと前向きに喜ぼう。

翌朝、茉莉花は小さな壺をもって乗合馬車に乗り、首都に帰るふりをしつつ瑞北《ずいほく》の街に向かった。

瑞北では、運河の建設予定地についての情報収集をし、それから宣州牧たちの金遣《かねづか》いがどうなっているかの確認と、宣州牧たちの背後に誰かいるのであればそれが何者なのかを調べるつもりである。

（まずは妓楼に行ってみようかな）

宣州牧たちが地元の商人たちと妓楼にきて、遊んだ代金を地元の商人たちに払《はら》ってもらっていたのなら、話は早い。

しかし、州牧と州牧補佐たちだけできていたのなら、どこか別の場所で別の人に賄賂をもらっているのだろう。

（でも、その確認すらも難しいかもしれない）

茉莉花は、再び近づいてくる瑞北の街を見ながらため息をつく。

妓楼は客人の秘密を守らなくてはならない。いつ誰が誰ときたのかということを、部外者に教えてくれないのだ。

さすがに皇帝命令があれば従ってくれるだろうけれど、まだ金をまったく落としていない茉莉花には、「覚えていない」としか答えてくれないだろう。

「失礼します」

夕方、妓女たちの準備が一段落するころを見計らい、茉莉花は『王英《おうえい》』という名の妓楼を再び訪《おとず》れた。

従業員は茉莉花の顔を見るなり一昨日の客人だと気づき、すぐに用件を聞きにくる。

「どうかなさいましたか？」

「仮母《おかみ》さんにお話があって参りました」

従業員はすぐにひっこみ、それから茉莉花に「どうぞ」と言って扉《とびら》を開けてくれた。上客の一味だと思われたのか、丁寧な対応である。

「いらっしゃいませ。ご用件はなんでしょうか」

妓楼の経営者は仮母《おかみ》と呼ばれている。ここで働く妓女は皆、仮母の養女だ。そして、大抵《たいてい》の仮母は、金もちの客がついていた元妓女である。

この妓楼の仮母も美しい容姿をもち、そして瞳《ひとみ》は才覚にあふれた輝きを見せていた。

「ここは宣州牧のお気に入りの妓楼だと伺《うかが》いまして……」

「あらぁ、そうだったんですか？　それは嬉しいですわ」

仮母は、お客さんの素性《すじょう》はよく知らないというふりをする。

手強《てごわ》い相手だと茉莉花は思った。

「宣州牧は、一昨日わたしと一緒にいた方です。身長の高い四十歳すぎぐらいの……」

「ええ、一昨日のお客さんですね。覚えていますよ」

「前にもきているはずですが、どんな方々と一緒にきていましたか？」

茉莉花の質問に、仮母はにっこり笑う。

「覚えていませんわ」

予想通りの返事をもらった茉莉花は、さてどうしようかと悩《なや》む。

（賄賂の話をちらつかせて、州牧よりもわたしについた方がいいと思わせるか。もしくは禁色《きんじき》を使った小物を見せて、これは皇帝命令のようなものだと示すか……）

人を脅《おど》すことはあまり得意ではないし、年若い女性である茉莉花では迫力がどうしても出てくれない。

　ここは元後宮の女官であることを利用して、宮女《きゅうじょ》試験のための推薦状《すいせんじょう》を書いてもいいと言って恩を売る方向でもっていく方が……。

「仮母さん！　金梅《きんばい》がまたうちの真似《まね》をしてきてるよ！」

　そのとき、扉が勢いよく開かれた。そして若い女性が飛びこんでくる。

　彼女は茉莉花の姿を見た途端《とたん》、「あっ」と言った。

「お邪魔しています」

　茉莉花は、気を悪くしてはいないことを示すために微笑みかけておく。

『仮母さん』という呼び方からすると、飛びこんできたこの女性は妓女だろう。

「すみません！　またあとできます！」

　彼女は急いで扉を閉めた。

　茉莉花はその扉を見ながら、これは使えそうだと新しい作戦を練り始める。

「金梅というのは？」

　茉莉花の質問に、仮母はちらりと窓の外を見た。

「うちの妓楼と張り合っている店ですわ。お話し中に騒々《そうぞう》しくしてすみません」

「また、と言っていましたが……」

「ねずみはどこにでも現れます。困ったものですわね」

高級妓楼の妓女は、美しさだけではなく、教養も求められる。

彼女たちをどう育てていくのかも仮母の大事な仕事で、どんな教育をしているのかは勿《もち》論《ろん》他言無用だ。

けれども、ここの妓女の誰かが大事な規則を破り、金梅という別の妓楼に情報を売っているのだろう。

「ねずみは見つかりそうですか？」

「それがすばしっこくて」

茉莉花は、潜入《せんにゅう》調査をしたことがある。

潜入先で信頼《しんらい》を勝ち取るためには、言葉と行動にとても気を使わなければならない。

そして、信頼を勝ち取ったとしても、大事な情報を流せば自分の仕業だと気づかれる可能性が一気に高くなる。

（ねずみが情報を流していることに仮母は気づいている。ねずみが見つかるのも時間の問題だとは思うけれど……）

茉莉花は子星《しせい》の言葉を思い出す。

いずれ勝手にそうなることでも、自分たちの手で少し早めてやることで、恩を売りつけることができる……と。

茉莉花は、恩の押し売りをしてみることにした。

「仮母さん。ねずみの正体を知りたくないですか？」

「……それはもう」

仮母は茉莉花に「できるのか？」と視線だけで問いかけてくる。

茉莉花は、優秀《ゆうしゅう》な禁色もちの文官に見えるような表情をつくった。

「わたしに少しだけ時間をください。明後日《あさって》の朝を楽しみにしていてくださいね」

人生経験が豊富な仮母は、茉莉花がどきどきしていることを見抜《みぬ》いているかもしれない。

それでも、茉莉花は穏やかに微笑んでおいた。


茉莉花《まつりか》が王英《おうえい》の中をうろうろ歩き、妓女たちへ正直に「王英に入りこんだねずみを探している」と言えば、ねずみから警戒《けいかい》されてしまうだろう。

そうならないように、茉莉花はまず王英の中をうろうろできるように言い訳をつくった。

——元は後宮の女官をしていた。女官長から「各地の妓楼に素晴らしい妓女がいたら教えてほしい」と言われている。

茉莉花は、王英の中を自由に歩いてもいいという許可と、皆の仕事の邪魔にならない範囲で色々なことを尋《たず》ねてもいいという許可を仮母からもらう。

（建物の間取りの再現もできるようにしておきましょう）

茉莉花は王英の中をぐるぐる回り、皆の動きを観察し始めた。

「厨房《ちゅうぼう》での仕込みはいつから始まりますか？」

「お客さんを迎《むか》えたらどうしていますか？」

「客がこなかったときは？」

「楽器の管理はどこで誰がしていますか？」

茉莉花は、手が空いている人を見つけるたびに細かい質問をしていく。そして、手に入れた情報を頭の中で整理し、足りない情報を探した。

（まだ抜《ぬ》けがある。残りは明日かな……）

客が全員帰っていったあと、疲れきった妓女たちは化粧《けしょう》を落として眠《ねむ》りにつく。

茉莉花も宿に戻り、次の日は朝から王英を訪ねた。

「おはようございます。見習いさんですか？　寒い中、大変ですね」

まだ客を取れない十二歳ぐらいまでの少女は、妓女の身の回りの世話をし、その合間に芸事を習っている。

茉莉花は見習いの子たちがしている洗濯《せんたく》を手伝いながら、妓女の仕事内容について聞き、見習いの仕事内容についても教えてもらった。そして芸事の練習風景も見せてもらった。

「お菓子をくれないお姉さんがいる？　がんばったご褒美《ほうび》はほしいですよね」

茉莉花は昼食づくりを手伝いながら、いよいよ日常の話に切りこんでいく。

見習いの子たちはてきぱきと手伝ってくれる茉莉花に、仕事の愚痴《ぐち》をあああだこうだと零《こぼ》した。


「雁《かり》姉さんと容《よう》姉さん、仲が悪くてよく喧嘩《けんか》するの」

「仮母さんのお気に入りは藍《あい》姉さんよ。金もちのお客さんがたくさんいるから」

妓楼内の人間関係の把握は大事な作業だ。人間関係はその人の行動に深く関わってくる。

「あ、お塩はどこですか？」

茉莉花が汁物《しるもの》の味付けをしようと思って声をかけたら、見習いの子がこれですと教えてくれた。

「いつもはどのぐらい入れていますか？」

「匙一杯《さじいっぱい》ぐらいです」

茉莉花は言われた通りに匙で塩をすくい……驚く。

これは随分と上等な塩に見える。すみませんと心の中で謝り、指に少し取って舐《な》めてみた。

（この塩は、妓楼のまかないで使えるような塩ではないわ。……どれだけこの妓楼は儲《もう》かっているの⁉）

後宮の女官や宮女も、いつもここまでいい塩を使っているわけではない。

宣州《せんしゅう》牧《ぼく》たちの金遣いの荒《あら》さにぞっとしてしまう。

「姉さん！　お昼ですよ！」

昼食をつくり終えた見習いたちは、手分けして妓女を起こしに行く。

茉莉花はそれについていって、見習いや妓女たちの動きや言葉を観察した。

昼食の片付けが終われば、見習いたちは再び雑用と稽古《けいこ》に取りかかる。妓女たちも稽古をしたり肌《はだ》の手入れを熱心にしたりしたあと、夕方になる前には身支度《みじたく》に取りかかった。

（そろそろ罠をしかけておきましょう）

茉莉花は仮母のところへ行き、昨日書いた楽譜《がくふ》を見せる。

「この曲は、後宮の妓女のためにつくられた練習曲です。よかったらこれを差し上げますので、今から琵琶《びわ》で弾《ひ》いてもらえませんか？」

茉莉花は後宮で琵琶を習っていた。そのときに習った曲のほとんどはもう弾けなくなっているけれど、楽譜だけならまだ覚えている。

その中の一つを仮母に渡して弾いてもらい、聴《き》き慣れない曲に惹《ひ》かれて様子を見にきた妓女や見習いへ、「後宮で流行《はや》っている最近の歌の楽譜を手に入れたのよ」と言ってもらった。

それから、「弾いてみたけれど曲が難しすぎるわね。簡単なものになるよう書き換えないと」ということも、必ずくちにしてもらう。

「書き換えられた方の曲は、いずれ妓女たちの練習曲になります。書き換えられた方は耳で覚えてしまえばいいんですが……」

茉莉花は、作戦の意図を仮母にそっと教えた。

「金梅《きんばい》は王英に張り合っています。元の難しすぎる楽譜を手に入れて、自分のところの妓女に弾かせようとするでしょう。ねずみもそのことをわかっているでしょうし、これで小金を稼ぎたいと思うはず」

仮母にわざわざ「曲を書き換える」と言わせたのは、ねずみがねずみであるという証拠をつくるための仕込みだ。

「今日の仕事が終わるころには、ねずみ候補も見えてきます。ねずみ候補にとって盗みやすいところに元の楽譜を置いておきますね」

茉莉花は仮母の部屋を出て、働いている人の邪魔にならないように気をつけながら、廊《ろう》下《か》をまたうろうろした。

(王英の建物やそこで働く人の動きの再現は、そろそろできそう)

茉莉花は頭の中で『みんなが真面目に働いている』という再現をしてみる。

勿論、具合が悪くていつもより多めの休憩になったり、やる気が出なくてだらだら働いてしまう人もいるだろう。それらは個別に排除することにした。

(わたしの頭の中にある王英の再現と、今この眼で見ている王英の様子を重ね合わせ、一《いっ》

致《ち》しないところを探す）

間諜行為《かんちょうこうい》をするのなら、必要のない動きがどうしても増える。

それは、自分をよく見せようとするための余計な動きとは違う。情報を集めるという目的があるので、困っている人がいても無視してしまうのだ。

茉莉花は移動しながら、妓女と見習いの動きを観察した。

しばらくそれを続けると、なにかが見えてくる。

――この人、立ち止まる回数が妙《みょう》に多い気がする。

これは体調不良のときの立ち止まり方ではない。

立ち止まったときに、なぜか必ず人の話に聞き耳を立てている。雑談では探《さぐ》りを入れるような言葉が普通の人より多く出てくる。

（訓練された間諜は、その辺りのことも気をつけている。でも、王英にいるねずみは、小金稼《かせ》ぎをしているだけの素人《しろうと》だからわかりやすい）

茉莉花はついに『ねずみ』を見つけた。証拠はまだないけれど、それはこれからつくればいい。

「仮母さん。ねずみを見つけたかもしれません」

茉莉花は仮母にそっとその妓女の名を伝えた。仮母には、ねずみがいる前で見習いに「書き換えた楽譜は明日から使うから、楽器と一緒にしまっておいて。元の楽譜は捨てておいて」と言ってもらった。

(きっと今夜、ねずみは屑籠《くずかご》に捨てられた楽譜をこっそり拾いにくるはず)

拾いにきただけでは証拠にならない。興味があっただけと言い張ることもできる。だから、仮母にはもう少し待ってみてくださいと言っておいた。

ねずみはきっと、皆から気づかれないように金梅の従業員へ楽譜を渡そうとするだろう。その決定的瞬間《しゅんかん》を見て、彼女がねずみであることを確信してから動くべきである。もし間違えて罪なき人を追い出してしまったら、本当のねずみを喜ばせるだけの結果になってしまう。


(どうか上手くいきますように……!)

茉莉花は祈《いの》りながら王英を出て、宿に戻る。

そして翌日、昼ごろに再び王英を訪ねると、笑顔の仮母に迎えられた。

「茉莉花さま。昨夜は本当にありがとうございました。ささ、こちらへ」

昨日とは違い、茉莉花は仮母の部屋ではなくて客間に通される。

すぐに温かい茶と、見るからに高級そうなお菓子が用意された。

「あのあと、進展はありましたか?」

茉莉花は飲杯《いんはい》をもちながら穏やかに微笑む。しかし、心の中は動揺《どうよう》していた。

(塩だけではなく、このお茶も相当な高級品だわ……! 後宮でこの香りのお茶を入れたことがあるもの……！）

　宣州牧の金遣いの荒さにまためまいがしてきた。やはり彼は相当な賄賂をもらっているはずだ。

「昨夜、ねずみがまた屑籠あさりをしていましたわ。黙って見ていたら、夜明け前に塀《へい》の向こうへ独り言を呟《つぶや》いたあと、紙屑《かみくず》を投げたのです。外にいた見張りが、ねずみの仲間を取り押さえてくれて……」

　ふふ、と仮母は満足そうに微笑む。

　どうやら茉莉花は、仮母を悩ませていた間諜《ねずみ》を見つけるという大仕事を無事に成功させたようだ。

「茉莉花さまは今後、この王英のご贔屓《ひいき》さまとさせていただきますわね。……そういえば、この王英には他にもご贔屓さまがいるのですよ」

　あくまでも仮母は、宣州牧ではなくて、とある客の話をするだけという形にした。

「その方は二カ月に一度、いつもお仕事仲間の方々といらっしゃっていました」

　宣州牧は、ここで誰かに接待されていたのではなく、別のところで賄賂をもらっていたようだ。宣州牧に賄賂を渡した相手があっさり判明した……という嬉しい展開にはなってくれなかった。

「そのご贔屓さまは仕事熱心な方で、いつもお仕事帰りでしたわ」

つまり、宣州牧は視察を理由にしてここに通い、派手に遊んでいたらしい。

「色々なお土産《みやげ》をくれますの。高価な布や、お茶や、塩——……本当にありがたいです」

ここで使っている高級な茶と塩は、やはり宣州牧の土産だった。

しかし、州牧の給金だけではここまでの遊びはやはりできない。

(王英を見張り続けても、宣州牧に賄賂を渡した人物が誰なのかはわからない。わたしの調査はここで打ち切りね。あとのことは陛下に任せましょう)

宣州牧に張りついてどの商人から賄賂をもらっているのかを調べるのは、茉莉花だけではできない。

結局、茉莉花による調査は『宣州牧たちは賄賂をもらっているようだ』で終わってしまった。

余計なことをして時間を使ってしまったのかもしれない。けれども、自分のしたことがすべて自分の目的に繋《つな》がってくれるわけではない。

(人助けをしたと思いましょう。宣州牧の碗紛失事件のときのように)

茉莉花は気持ちを切《き》り替《か》え、仮母に「これで失礼します」と言って終わりにするつもりだったけれど、仮母はなぜか話を続けた。

「そういえば、茉莉花さまは運河に興味をおもちでしたよね?」

「はい」

「茉莉花さまもあちこちを見にいく予定がおありなのでは？」

「その通りです。もう少し見て回るつもりです」

「呪《のろ》いの森の話はご存じですか？」

ここにきて、うっかり忘れそうになっていた呪いの森の話が出てきた。

「通るなら昼間に、という話なら聞いたことがあります」

「あら、ご存じでしたのね。近くに行くときはお気をつけください」

「ありがとうございます、気をつけます」

仮母はにっこり笑ったあと、頰《ほお》に手を当てた。

「このお話は、とあるお客さんに教えてもらったんです。わたくしたちは、お土産をくださったり、楽しく遊んでいただけるお客さまを大歓迎していますわ。……ですが、楽しく遊んでくださらない方々がいらっしゃるときもありまして」

話が変わった。どうやら仮母は茉莉花になにかを伝えたいらしい。

「呪いの森の話を教えてくださった親切なお客さんは、他の州からいらっしゃった商人のようです。けれども、うちの娘《むすめ》の扱い方が少し……お支払いは弾《はず》んでくださるのですが」

「それは大変ですね」

「わたくしはずっとこの安州《あんしゅう》のお店で働いているのですけれど、呪いの森の話はそのときに初めて聞きましたわ。そうそう、二年前ぐらいだったかしら」

茉莉花は仮母の顔を静かに観察した。

彼女は茉莉花に恩返しをしようとして、大事な話を遠回しにしてくれている。この話には意味があるはずだ。

「二年前になにかあったんですか？」

茉莉花の質問に、仮母は口《くち》の端《はし》を上げた。

「呪いの森を通るのは村人や商人です。この店から出ることのないわたくしは、あまりよく知りませんわ。商工会長なら色々ご存じではないかしら？」

茉莉花は「詳しいことは商工会の会長に聞いてくれ」という仮母の助言に感謝した。

「ありがとうございます。それでは一旦《いったん》失礼します」

「お気をつけて。またのご来店を楽しみにしております」

茉莉花は王英を出たあと、大通りを歩く。

(王英の仮母さんは、わたしになにを伝えたかったのかしら)

商人が行商先で派手に遊ぶというのは、よくあることだ。

地元でそんなことをするとすぐ噂《うわさ》になってしまうので、旅先でしっかり楽しんでおきたいのだろう。

王英にもそういうやっかいな客がときどききていて、仮母は呪いの森の話をそこから手に入れたようだ。

（呪いの森は古くからの言い伝えではなくて、最近できた話だということ……？　それ自体は不思議ではないかも）

後宮には、亡《な》くなった妃が幽霊《ゆうれい》になって出てくるという話がつきものだ。幽霊話は新しいものから古いものまで色々あった。誰かの冗談《じょうだん》が真実のように語られていくところを目撃《もくげき》したこともある。

（安州人ではない商人が、呪いの森の話を王英にもってきた。呪いの森の先には易雲《えきうん》の村がある。易雲の村へ行商に行く商人を減らそうとして噂を流した……という可能性もあるけれど、易雲は貧しい村だから、そこまでする価値があるとも思えない）

呪いの森の噂は、運河の建設予定地の視察とは関係のない話だろう。けれども、呪いの森を抜けた先には運河の建設予定地がある。一応、話だけは聞いておいた方がいいかもしれない。

（でもその前に自分の仕事をしないと……！　瑞北《ずいほく》の街の人に、運河の建設予定地辺りの地盤の話を聞いてみましょう）

茉莉花は、土産選びをしているという設定で店の人との話を盛り上げ、運河建設の話をくちにしてみる。

すると、この瑞北の街の人々は、運河の延長によってより便利になることを歓迎しているだけだった。運河がどこを通っていくのかについては、あまり興味をもっていないらしい。

「やっぱり俺は慈台《じだい》の近くに運河を通すべきだと思うね。あそこにはシル・キタン国やムラッカ国に向かう街道《かいどう》があって、乗合馬車も行き来している。保景《ほけい》は農地ばかりでなにもない。だからこそ工事がしやすいってのはわかるけれど」

あともう一人……と思って茉莉花がとある青年に声をかければ、青年はこの街の人ではなくて、慈台に住んでいる人だった。彼は工部《こうぶ》の計画案を支持していて、より便利になるのはこっちだと主張する。

「慈台周辺は工事がしにくい土地なんですか？」

「慈台近くには村がいくつかあって、移住させせないといけない人がいるんだよ」

「問題は立《た》ち退《の》きだけですか？　地盤ではなく？」

「地盤？　特にそういう話を聞いたことはないな」

どうやら慈台の人間は、地盤のことを気にしていないようだ。

（地盤に問題がないのなら、宣州牧はどうして保景近くに運河を通したいのかしら。保景は農地で、収穫《しゅうかく》した穀物をすぐにあちこちへ運べるようになるという利点はたしかにあるけれど……）

正直なところ、街の規模は慈台の方が大きいし、商人もそちらに集まっている。州牧ならば、慈台の近くに通す方がいいという判断をするはずだ。

(宣州牧は保景の街の人から賄賂をもらっているとか……？　でも、保景の街の人は賄賂を渡せるほど豊かなのかしら？　寧《むし》ろ慈台の方がそのお金をもっていそうだし……)

今回の視察には、よくわからないもやもやした部分があちこちにある。

──運河建設の安州案はどういう意図でつくられたのか。

──二年ほど前につくられた呪いの森の話には、どんな意図があるのか。

二つの話は関係がなさそうに思えるけれど、それでも茉莉花は頭の中に白くて大きな紙を広げてみた。

そして、そこに情報という点を置き、線で繋いでいく。

しかし、今回は情報という点が足りなくて、答えはまったく見えてこなかった。

「でも、瑞北に住んでいる人の話は聞けたわ。商工会長の話も聞いてみましょう」

商工会長をしているのは、この街で一番大きな宿を経営している男だ。

茉莉花が会いに行けば、すぐに店から出てくる。

「突然お邪魔してすみません。文官の晧《こう》茉莉花と申します」

茉莉花が笑顔で挨拶をしたら、商工会長も笑顔で応えてくれた。

「王英の仮母さんから話は聞きました。とても頼《たよ》りになる官吏《かんり》さまに助けられたと。我々の仲間を助けてくださり、本当にありがとうございます」

妓楼の王英も、勿論この街の商工会に入っている。

茉莉花が王英の仮母の困りごとを解決したという話は、既《すで》に商工会へ伝わっていたらしい。

「その王英の仮母さんから、この辺りを旅するときには呪いの森に気をつけるようにと教わりました。呪いの森の話はたしか二年前ぐらいに広まったとか……」

早速、茉莉花は二年前の話を始める。

すると、商工会長は人のよさそうな顔で「そうそう！」と言い出した。

「二年前といえば、私たちはとても困っていることがありまして……」

茉莉花はこの先の展開が予想できた。やはり年若い女性の姿だと、どうしても舐められてしまうのだろう。

（つまり、この先の情報を得たかったら、今度は商工会長のお願いをまた一つ聞かなければならないのね）

茉莉花が王英に入りこんだねずみをあっさり見つけ出したことで、王英の仮母は茉莉花を『使える』と判断したのだろう。それで、商工会長に「あの官吏は便利ですよ」と紹《しょう》介《かい》したのだ。

「それは大変ですね。よかったらお話だけでも聞かせてもらえませんか？」

茉莉花は、手を貸すかどうかの判断は話を聞いてからにするという意思表示をしておく。

「鳳銀《ほうぎん》という妓楼がこの街にあるんです」

「どの辺りにあるんですか？」

「うちの門を出て右手側に向かい、少し歩いた先の左手にあります。そこは元々あまり繁《はん》盛《じょう》していない妓楼で、出入りするお客さんも荒っぽい人が多くて……」

はぁ、と商工会長はわざとらしいため息をつく。

妓楼にも格というものがある。この瑞北の妓楼の一番は王英だろうし、その次が金梅だ。そして、最後が鳳銀なのだろう。

「先代の仮母さんが経営に失敗し、鳳銀を新しい経営者に託《たく》して川へ身投げしたんですけれど、新しい仮母さんもちょっとねぇ……。経営交代のときに、仮母さんたちが小さな子たちを連れてきたんですけれど、教育が上手くなくて」

ここまではよくある話だ。妓楼の経営者が入れ替わっても、繁盛するとは限らない。前よりも悪くなることだってある。

「正直なところ、この街に妓楼は三つもいりません。三つ目の妓楼は無理に客を取ろうとして、値段を下げる一方。そして下げた分だけお客さんの質が落ちます。……この街の治安が悪くなってしまうんですよ」

商工会長からなにを要求されているのか、茉莉花はわかってしまった。

しかしそれは、ねずみが誰なのかを探ることとは違い、善意の範囲を超えてしまう行為だ。官吏に許されることではない。

（鳳銀がやっかいな存在だとしても、いくらなんでも廃業《はいぎょう》させるというのは……！）

茉莉花が断るための言葉を探していたら、商工会長は茉莉花の肩《かた》にそっと手を置く。

「官吏さまはこの国をよくするために精いっぱい働いていらっしゃるんですよね？　親に売られた子どもたちが、あそこで酷《ひど》い目に遭《あ》っています。どうか助けてあげてください」

「……えええっと」

商工会長は茉莉花の反応を見て、実はこっそり驚いていた。

できないのなら「できない」と言えばいい。断るための言葉を探しているということは、廃業させる手段が頭の中に思い浮かんでいるということだ。

商工会長は、絶対にこの有能な官吏を頷かせなければならないと決断し、あの手この手を考える。

「鳳銀に出入りしている客には、後ろ暗いところがあるんですよ」

商工会長は声を潜《ひそ》めた。

茉莉花は、そうだろうなと思ってしまう。

荒っぽいことをしている人は、高級な妓楼で詩歌《しいか》を詠《よ》んだり、闘茶《とうちゃ》を楽しんだり、象《しょう》棋《ぎ》で遊んだりしたいわけではない。彼らはただ派手に騒《さわ》ぎながら飲み食いしたいだけで、あとはそれに愛想笑いをしてくれる綺麗《きれい》な女性がいればいいのだ。

「犯罪の証拠はありますか？」

「彼らが街の娘にちょっかいをかけて騒ぎになったことならありますが、県は酔《よ》っ払《ぱら》いが絡《から》んだだけだと思ったようです」

おそらく鳳銀に出入りしている荒っぽい客は、どこかの街道で旅人の襲撃《しゅうげき》をしたり、他の街で強盗《ごうとう》のようなことをしたりしているのだろう。

（その証拠は探せば出てくるかもしれないけれど……でも、鳳銀の経営者も犯罪をしているという証拠がない限り、わたしは手を出してはいけない……！）

やっぱり駄目だと茉莉花が首を横に振ると、商工会長は悲しげな顔を見せてくる。

「鳳銀の仮母さんは、妓楼の経営に困っています。いずれ出入りのお客さんに手を貸すようになりますよ」

茉莉花はその通りだと思ってしまった。

犯罪者には『困っている人を嗅《か》ぎつける』という才能がなぜかある。彼らは困っている人に初めは優《やさ》しくするけれど、最後には全財産を搾《しぼ》りとろうとするのだ。

そうならないように、街の警備隊がきちんと鳳銀を見張っておかなければならない。しかし、犯罪を未然に防ぐことは禁軍《きんぐん》でさえも難しい。

「官吏さま。今のこの街には、派手に遊んでくれるお客さんがいらっしゃって、大人数で宿に泊《と》まってくださるし、高級なものをここで買ってくださいます。ですが、我々は今の稼ぎがずっと続くわけではないことをわかっています」

宣州牧が異動になれば、裏金の追及が始まれば、宣州牧たちは瑞北の街にこなくなる。

商工会の人たちも、薄々《うすうす》そのことに気づいているのだろう。

「我々は、ただ稼げばいいというわけではありません。来年も再来年も十年後もこの店を続けていくためには、地元の人に支えてもらわなければならないのです。彼らに利益というものを与《あた》える必要があります」

商工会長は、店を長く続けていくためにはどうしたらいいのかを、そしてこの街の頂点であるためにはなにをしたらいいのかを、よくわかっているのだろう。

街の人にとってやっかいな種になりそうな妓楼を、商工会が自ら潰さなければならないと思っているのだ。

「あの……、商工会の力があれば、お店を一つ潰すことなんて簡単ではありませんか？」

みんなで口裏を合わせて、必要なものの値段を釣《つ》り上《あ》げたり、売り切れたと嘘をついたり、あの妓楼で流行病《はやりやまい》が発生しているという噂を流したりしたら、そのうち店が潰れるのではないだろうか。

茉莉花が疑問を投げかければ、商工会長は首を横に振った。

「鳳銀の仮母の知り合いがちょっと……。みんな報復が怖《こわ》くて……。県も取り合ってくれませんし……」

なるほど、と茉莉花は納得《なっとく》してしまう。

鳳銀の仮母は、出入りしている犯罪者と既に親しくなったあとらしい。犯罪に手を染めるのも時間の問題だろう。

「鳳銀の仮母には、自分の意志で出ていってもらいたいんです。どうかお願いします！」

いきなり商工会長は床《ゆか》に膝《ひざ》をつき、叩頭《こうとう》し始めた。

茉莉花は慌ててこの場を切り抜けるための言葉をくちにする。

「わかりました！　少し考えさせてください！」

得意の曖昧《あいまい》な返事だ。ここで「任せてください」とはっきり言うことはどうしてもできなかった。

商工会がどれだけ鳳銀の妓楼を潰したいと思っていても、街の人がどれだけ困っていても、茉莉花は鳳銀の悪事の証拠を摑まない限り、個人的な感情で勝手に民間の妓楼を潰すことはできないのだ。

（まずはこの眼で見てから……！）

許されるぎりぎりのところまで攻《せ》めようという決意をするのが精いっぱいである。

「……考えてくださるんですか!?」

さすがは商人を取りまとめている商工会長だ。茉莉花の曖昧な返事の意図をきちんと読み取った。

「ありがとうございます！　よろしくお願いします！」

「明日また伺いますね……」

「お待ちしております！」

茉莉花は商工会長と別れたあと、鳳銀の近くまで行ってみる。

近くの茶屋で休憩しているふりをしながら鳳銀の門を見ていると、いかにもな人たちが鳳銀の門を乱暴に叩《たた》いていた。

「おおい、仮母、酒はあるかぁ？」

今は昼すぎだ。まだ妓楼の門は開かない。

つまり、門を叩いている荒っぽい人たちは、鳳銀の仮母の知人……もしくは仲間なのだ。

（たしかに、街の治安が悪くなりそう）

茉莉花は宿に戻ってから頭を抱えた。

今はまだ県や州に相談して『鳳銀を警戒する』という段階だろう。

しかし、大きな犯罪が発生する前にどうにかしたいという商工会の人たちの気持ちもわかる。

（……助言だけなら）

特定の名前を出さないよう気をつけつつ、今後についての助言を紙にまとめてみよう。

その謎《なぞ》の紙を商工会長が拾ったという形にするしかない。

「作戦名は、盃中《はいちゅう》の蛇影《だえい》……ううん、『壺中《こちゅう》の金影《きんえい》』かな……。あ、文字の癖《くせ》を変えておかないと……」

盃中の蛇影とは、酒が入っている盃《さかずき》に映る蛇《へび》のことだ。

――盃に酒と蛇が入っていた。しかたなくそれを飲むことになってから、体調がずっとすぐれない……。

とある男性が、宴会後にこんなことを言い出した。しかし、酒の中に入っていたのは、実は蛇ではなくて弓の影だった。そのことを教えられた男性の体調は、すぐによくなったという。

これは、人は思い込むだけでも病気になってしまうという話である。

(でも、今回は蛇ではなくて金蚕蠱《きんさんこ》を使いましょう)

茉莉花は、この程度の脅しで大丈夫かな？　と不安になってきた。もっと恐《おそ》ろしい策もあるだろうけれど、すぐには思いつかなかったのだ。

やはり自分は悪事に向いていない、とため息をついた。

――『金蚕蠱《きんさんこ》』という呪いがある。

壺の中に百匹《ぴき》の虫を入れ、共食いをさせる。すると、最後の一匹となった虫が『金蚕蠱』に変化するのだ。

この金蚕蠱の排泄物《はいせつぶつ》を殺したい相手の食事や飲み物に混ぜると、命やその財産を奪《うば》うことができると言われている。

この説明を聞くと簡単にできる呪いに思えてしまうけれど、金蚕蠱を飼い続けることはとても難しい。

金蚕蠱の食事は高級な絹だ。おまけに、年に一度は人間を餌《えさ》として金蚕蠱に捧《ささ》げなければならない。これを怠《おこた》ると、自分が呪い殺されてしまう。

「鳳銀の前の経営者の仮母《おかみ》が、金蚕蠱を飼っていただと……⁉」

あるとき瑞北《ずいほく》の街の警備隊に、鳳銀に絹をこっそり売っていたという行商人からの密告があった。

金蚕蠱は強力な呪術《じゅじゅつ》のため、勿論法律で禁止されているし、金蚕蠱をつくり出した者は斬首刑《ざんしゅけい》になる。街の警備隊は、金蚕蠱の情報が入ったらすぐに駆《か》けつけなければならない。

「だが、前の仮母はもう……」

瑞北の警備隊は、鳳銀の前の仮母が川に身投げして亡くなったことを知っている。

経営に失敗し、金策に行《い》き詰《づ》まって借金もしていたから、それを苦に自殺したのだろうと判断されていた。

「……もしかして、彼女は呪いで死んだんじゃないのか？」

ぽつりと警備隊の誰かがそんなことを言う。

警備隊は、金蚕蠱が鳳銀に残っているのではないかと心配した。新しい被害者が生まれないようにするため、急いで鳳銀の新たな仮母に会いに行く。

「すみません！　前の仮母のことでちょっとお話ししたいことがありまして……！」

警備隊が門を叩けば、新しい仮母が出てきた。そこで金蚕蠱の話をすると、仮母は目を見開く。

「ここで金蚕蠱を……!?」

「前の仮母さんは、生贄《いけにえ》や絹を与えられなくなって、それで金蚕蠱に呪い殺されたのかもしれません。鳳銀に誰のものかわからない壺が残っていませんか？」

「壺？　そのまま受《う》け継《つ》いだから、前のものが全部残っているのはたしかだけれど……」

「前の経営者から妓楼をそのまま受け継いだのなら、金蚕蠱も受け継いだことになるかもしれません。探してみてください」

「わかりました」

仮母は不安になりながらも、大丈夫よねと自分に言い聞かせる。

（金蚕蠱の呪いは有名で、国も禁止しているけれど、そんな呪いが本当にあるとは思えないわ）

それでも一応、それらしいものを探しておこう。

仮母はすぐに妓女や見習いや従業員たちと共に家探しを始める。

しかし、虫が入っている壺はどこにもなかった。

「ねぇ、前の仮母さんがどこかに隠したんじゃない……？」

「隠すに決まってるわよ。金蚕蠱が見つかったら死刑《しけい》になるのよ。わかるところに置くわけがないわ」

「もしかしたら敷地《しきち》内に埋めたとか……？」

妓女や見習いたちが、壺の行方《ゆくえ》とこれからのことをひそひそと話す。

「埋めてあった場合はどうなるの？　だってもう金蚕蠱に高価な絹を与えている人はいないから……」

全員が仮母に気を使って小さな声で話してくれている。けれども、仮母はその囁《ささや》き声《ごえ》がどうしても気になってしまった。

（まさかそんなこと……、呪いなんてあるわけないわよ）

不安になったときは、ちょっとした不運も呪いのように思えるものだ。

仮母は、同業に嫌《いや》がらせをされているのかもしれないと気を取り直した。

「みんな！　金蚕蠱の壺はなかったみたいね。もうこの話はおしまいよ」

ぱんぱんと手を叩き、余計なことは言わないようにと注意する。

――そうよ。金蚕蠱がこんなところにあるわけない。

全員が不安な顔をしつつも部屋に戻ろうとしたとき、妓女見習いの少女が走ってきた。

「仮母さん！　これ……！」

見習いがもってきたのは、絹でつくられた上衣だ。ただし、虫に食われたような痕《あと》があちこちにある。

「棚の奥にあったものです！　もしかしたら……金蚕蠱はもう壺から出ていて……！」

「なんだって!?」

金蚕蠱が壺から出て行ってしまったあとなら、どれだけ探してもからっぽの壺しか出てこない。

一度は消えかけていたはずの不穏《ふおん》な空気が、再びじわりとまとわりついてくる。

「あ、でも、勝手に絹を食べているのなら……！」

誰かが明るい声を出す。

金蚕蠱は壺から出て、衣装《いしょう》を食べている。餌を与えることはできているはずだ。

「なら生贄はどうするの？　もう二年も与えていないいんだよ……！」

「そうだ、このままだと……！」

皆の視線が仮母に集まる。

前の仮母は、鳳銀の経営に行き詰まり、金蚕蠱を飼い始めた。しかし、彼女は死んでしまった。借金を返せなくなって川に身投げしたと言われていたけれど、ここにきて呪い殺された可能性が出てきている。

裏で手を回して前の仮母のものをすべて奪った自分が、金蚕蠱の新しい飼い主になっているのだとしたら……。

「……明日、もう一度探すよ。いいね」

仮母がそう言うと、皆はおろおろしつつも動き出す。

もう店を開けなければならない時間だ。仮母は支度《したく》をするために自分の部屋へ戻り、着《き》替《が》えを手に取った。

「あら……？」

なんだかすうすうする。肌が妙に冷える。

きょろきょろしていたら、原因がわかった。窓が少し開いていたのだ。

「家探しをしたときにきちんと閉めなかったのね」

仮母がため息をつきながら窓に近づくと、すきまのところに虫がいた。

「ひっ!?　あっ、あ!!」

とっさに手を振り下ろす。手加減ができなくて大きな音が鳴り、手が痛くなったけれど、何度も振り下ろした。

「し、死んだ!?」

虫は潰れている。どうやら殺せたようだ。

「もう……驚かせないでよ……」

仮母は息を吐いた。虫が部屋の中に入ってくるのはよくあることで、気にする必要はない。そう思ったのだけれど……。

——今、妙な音がしたような……？

仮母は不思議に思いつつも、仕事に取りかかる。

それからは何事もなく、無事に一日の仕事を終えたあと、ようやく寝台《しんだい》に入った。けれどもしばらくすると、妙な音が聞こえてくる。

カサカサ……　カサカサ……

小さなものが動いているようなかすかな音だ。

一度聞こえてしまうと、つい耳を澄《す》ませてしまう。

寝《ね》ようと思っていても、この音のせいで上手く眠れない。

カサカサ……　カサカサ……

ついに耐《た》えきれなくなった。仮母は起き上がり、隣の部屋で寝ている妓女を起こす。

「ねぇ、この音はどこから聞こえてきてるの？」

「……音ですか？　……えぇっと、なにも聞こえませんが」

夜明け前に起こされた妓女は、眠そうにしながら言う。

仮母は絶対に聞こえるはずだと耳を澄ませた。

「うそ……」

いつの間にか、聞こえていたはずの音が聞こえなくなっている。仮母は首をかしげながら妓女に謝り、自分の部屋に戻った。

しかし、寝台に入るとまたカサカサという音が聞こえてくる。

――気味が悪い……。

結局、夜明けまで上手く眠れなかった。

外が明るくなってくると、より寝付《ねつ》くことが難しくなる。眠さを堪えながらしかたなく起き上がった。

「……あ」

着替えを取り出すために棚を開けたら、棚の上に虫がいた。とっさに虫を叩いて殺す。

よくあることなのに、なぜか胸がどきどきしていた。

「きっと、夜中にうるさかったのはこの虫よ」

睡眠《すいみん》不足のせいか頭が痛い。

今夜こそはぐっすり眠りたい。

そんなことを思いながら、仮母はこの日も金蚕蠱探しをした。しかし、それらしい虫は見つからなかった。

仮母は安心したようながっかりしたような気持ちを抱えつつ、早々に寝台へ入る。
しかし、今夜はまた別の——……窓をこんこんと叩く音が聞こえてきた。
「……誰なの？」
小さな音だ。拳《こぶし》で窓を軽く叩いてもこんな音にはならない。
仮母がおそるおそる窓を開けると、虫が入ってきた。
「もう……驚かせないで」
入ってきた虫が部屋の中を飛び回るので、仮母はそれを殺そうとして走り回る。
ようやく退治できてほっとしていると、また窓が叩かれた。
「これも虫よね？」
窓を再び開けてみたけれど、今度はなにも入ってこない。
あれ？　と思って窓を閉めたら、またこんこんと叩く音が聞こえてくる。
どうしようと迷っていたら、こんこんという音は聞こえなくなった。
（なんなの……⁉）
気味が悪いと思いながら寝台に入り、目をつむった。
疲れていたのですぐにうとうとすることはできたのだけれど……。
　カサカサ……　カサカサ……
昨日のあの音だ。また聞こえてくる。

カサカサ……　カサカサ……

眠れない。耳をふさいでも聞こえてくる気がした。

コンコン……　コンコン……

今度は窓を叩く音も聞こえてくる。

仮母は布団《ふとん》を頭までかぶって必死に耳をふさいだけれど、結局また眠れなかった。ついには外が明るくなってきたので、しかたなく起き上がり、窓を開けに行く。

「……これはどういうこと⁉」

窓の外に虫の死骸《しがい》が落ちていた。一つ二つではない。二十はあるだろう。

最初は誰かに嫌がらせをされたのだと思った。しかし、すぐにそれはありえないと否定する。自分は昨夜眠れずにいた。足音が聞こえたら気づけたはずだ。

「死骸……じゃない？」

びくびくと震《ふる》えている虫もまだいる。つまり、ここに集まってから死んだのだ。

——気持ち悪い。

ぞっとした。身体《からだ》を震わせてしまう。

どうしてこんなことに。どうして自分の部屋だけ。

その理由はすぐに思い当たる。

——まさか、金蚕蠱の呪い……⁉

金蚕蠱の飼い方を間違えたら呪い殺されてしまう、という話は知っているけれど、具体的に呪いでどう死ぬのか、死ぬまでどんな風に苦しむのかは知らない。

もしかして、虫に襲《おそ》われて食い殺されるということもあるのだろうか。

「お前たち！　今日は敷地内の虫を全部殺しなさい！　殺せないのが金蚕蠱だよ！」

仮母は妓女や見習いや従業員を集め、声を張り上げる。

今すぐここから逃げ出したかったけれど、この妓楼を放り出すわけにはいかない。

（……あっ、最近、妓楼の経営が上手くいっていなかったのはそういうこと⁉）

客が集まらないのは、金蚕蠱のせいだったのかもしれない。人間という贄《にえ》をきちんと与えなかったから、この妓楼は呪われてしまったのだ。

このままだと、自分も前の仮母のように呪い殺されてしまうかもしれない。

「たしか金蚕蠱は……！」

金蚕蠱は炎《ほのお》でも刃《やいば》でも殺せない。どうしても飼えなくなった場合は、嫁金蚕《かきんさん》という方法しかなかったはずだ。

嫁金蚕とは、金蚕蠱を使って手に入れた金銀財宝と金蚕蠱を箱に入れ、道端《みちばた》に置き、それを誰かに拾ってもらうという方法である。拾った者が金蚕蠱の次の飼い主となるため、財産は失ってしまうけれど、命だけは助かるのだ。

「大丈夫よ。私は金蚕蠱のことを知らなかったから、金蚕蠱から得た財産もないし……」

仮母は、助かる方法はまだあるからと必死に自分へ言い聞かせる。

これから、金蚕蠱とちょっとの財産を、誰かに押しつけてしまえばいいのだ。

それだけの話のはずだったけれど、どれだけ探しても金蚕蠱は見つからなかった。

「いいかい、軒下《のきした》も探すんだよ！　食器棚《だな》も全部確認して！」

なんだか息が苦しい気がして、仮母は思わず喉《のど》を押さえた。もう自分は呪われているのではないだろうか。

「仮母さん、大丈夫ですか？」

息をはぁはぁと切らせていたら、気が利く見習いが水をもってきてくれる。一気飲みすると、少しだけ気分が落ち着いた。

「ここ二日ぐらい眠りが浅くてね……」

「あの、気休めにしかなりませんが、道教院《どうきょういん》でお札をもらって、白虎神獣廟《びゃっこしんじゅうびょう》でお参りしてくるのはどうですか？」

仮母は見習いの言葉にはっとする。その通りだ。魔《ま》除《よ》けのお札をもらってこよう。

「財布……お札……！」

急いで財布を取りに自分の部屋へ戻ると、また窓から軽い音が聞こえてきた。

おそるおそる窓に近づけば、虫が三匹《びき》ほどぶつかってきては離れていく。

——どうしてこの部屋だけ虫が集まってくるの？

頭が重くて痛い。冷《ひ》や汗《あせ》で手のひらがじっとりしている。足下《あしもと》がぐらぐら揺《ゆ》れている気がした。

コンコン……　コンコン……

カサカサ……　カサカサ……

立ち尽《つ》くしていると、またあの音が聞こえてくる。

あれは外の虫たちがこの部屋に入ろうとしている音だ。

なぜ虫たちはああまでして自分の部屋に入ろうとしているのだろうか。他にいくらでも部屋はあるのに。

(もしかして、私が虫に狙《ねら》われているの……⁉)

仮母は恐ろしさのあまり部屋を飛び出した。悲鳴を上げたかったけれど、なにかが喉に絡みついているのか、上手く声が出ない。

「……誰か、誰か助けて！」

仮母は虫の襲撃から逃《のが》れたくて、道教院へ急ぐ。金を出していいお札をもらったあと、お供え物を買って白虎神獣廟に行った。

(嫌だ、嫌だ！　気持ち悪い！　虫の呪いなんてそんな……！)

白虎神獣廟で助けてくださいと必死に祈っていると、誰かにぽんと肩を叩かれる。

今はそれだけのことにもおびえてしまう。ぶるぶると震えながら振り返った。

「随分と顔色が悪いですよ。大丈夫ですか？」

年若い女性の声だ。しかし、逆光になっていて、顔がよく見えない。

「そこで少し休みませんか？」

仮母が眩《まぶ》しさから瞬《まばた》きをしていると、女性はどうぞと水筒《すいとう》を差し出してくれた。そして、座れそうなところに案内してくれる。

——ああ、太陽の光が眩しい。

頭がくらくらしている。なんだか気分が悪い。

寝不足《ねぶそく》のせいだろうかと思いながら、渡された水筒の水をなんとか飲む。

「そんなに顔色が悪く見えるのかい……？」

「はい。もしかして持病でも？　薬をもっていますか？」

耳元で女性の声がわんわんと反響《はんきょう》した。目を閉じて気持ち悪さに耐える。

「持病はないけれど……」

「なにか心配ごとでも？」

元気を出してくださいね、と女性は小さな菓子をくれた。

仮母はぼんやりと手のひらの中の小さな菓子を眺《なが》める。

「よければわたしが話を聞きますよ。誰かに聞いてもらうだけでもほっとできますから」

心が弱っているときに優しくされると、ついすがってしまう。

仮母は親切な女性に金蚕蠱の話を始めた。そして、虫に襲われているという話もする。

「まぁ……！　金蚕蠱だなんて……！」

そんな、と彼女はおびえたように言い、両手をくちに当てる。

コツン……

そのとき、仮母の肩に虫がぶつかってきた。

虫はぶぅんと羽音を立て、仮母を狙うかのように飛び回る。

「きゃあああ！　いやぁ！　あっちに行って！　やめて！」

仮母は悲鳴を上げながら手を振り回した。

小さな虫なのに、今はとても恐ろしい。自分はこれからどうなってしまうのだろうか。

「早く家の中から金蚕蠱を見つけないと……！　嫁金蚕をしなければ、私は呪い殺されてしまうわ……！」

でも金蚕蠱が見つからないの、と仮母は頭を抱えた。

「金蚕蠱は家のどこかにいるんですよね？」

女性が顔を覗《のぞ》きこみながら、優しい声で聞いてくる。

仮母は顔を上げたけれど、太陽の光が眩しくて、女性のくちもとぐらいしか見えなくて、女性がどんな表情になっているのかはわからなかった。

「ええ、どこかにいるはずよ……。絹がぼろぼろになっていたから……」

仮母は震える声を吐き出す。

すると、女性のくちもとが、にぃと歪んだ。

「──でしたら、家を誰かに押しつけ、貴女《あなた》は親戚《しんせき》の家に身をよせればいいんですよ」

女性の言葉に、仮母は息を呑《の》む。

「家を壺だと思えばいいんです。前の家主さんと同じことをしたら助かるはずです」

仮母は眼を見開いた。

その通りだ。なぜ思いつかなかったのだろうか。

彼女のものをすべて奪った自分が金蚕蠱を引き継いでしまったのなら、同じように誰かにすべてを押しつけてしまえばいいのだ。

この人は、きっと白虎神獣の使いだろう。自分を助けるために遣わされたのだ。

仮母は眼に涙をにじませる。

「ありがとうございます……！　そうします！」

こうしてはいられないと立ち上がり、駆け出した。

白虎神獣廟へお参りに行ってよかったと、とても晴れやかな気持ちになっている。

──このとき仮母は、寝不足や不安、焦《あせ》りから、いつものような判断ができなくなっていた。

いつもの仮母であれば、突然現れ、悩みを聞いてくれ、悩みをさらっと解決してくれた親切すぎる女性を怪《あや》しむことができたはずだ。しかし今は逆に、この人の言葉は絶対に信用できると思い込んでしまう。

急いで鳳銀に戻った仮母は、夜逃《よに》げの準備を始めた。

「これしかない……！」

夜逃げしようと決意してから三日。

虫は夜な夜な自分の部屋の窓に飛びかかってくる。窓にお札を貼《は》っておいたけれど、どれだけ効果がもつのだろうか。

勿論、虫探しも続けていた。しかし、どれだけ探しても金蚕蠱は見つからない。

（やっぱり逃《に》げるしかない……！）

仮母は土地や家の権利書をまとめ、少しの宝石と共に小さな木箱へ入れた。

夜明けごろに憎《にく》たらしい王英《おうえい》の従業員へこの木箱を渡し、それから仲間たちと一緒にこの街を出よう。

「どうか間に合いますように……！」

死にたくないと祈っていたら、指がかゆくなっていることに気づく。

どうしたのだろうかと手のひらを見てみると、指先から手のひらにかけて赤い斑点《はんてん》がついていた。

「ひぃっ⁉」

この発疹《ほっしん》はなんなのか。まさか呪いによってできたものではないだろうか。

仮母は、明日の朝には絶対にここから出ていくという決意を改めてし、権利書を入れた小さな木箱をぎゅっと胸に抱《だ》いた。


夜明け直前、妓楼『王英』の門が激しく叩かれた。従業員が眠そうな顔をして何用だと門を少し開けると、わずかなすきまから小さな木箱を差し出され、押しつけられてしまった。

従業員が受け取ってしまった木箱を見ていると、木箱を押しつけてきた人物は走り去ってしまう。

そして、夜明けと共に街の門が開いたとき、一台の馬車が急いで出ていった。

茉莉花《まつりか》は王英を訪ねた。

すると、にこにこ笑っている仮母と商工会長に迎えられる。

「……なにかいいことがあったみたいですね」

茉莉花は、なにも知らないふりをした。

最高級の茶と菓子が出てきたけれど、接待にならないよう手をつけないでおく。今日はただ世間話をしにきただけだ。

「ありがたいことに、商工会に素敵な投書があったんですよ。投書に書かれていた通りのことをしたら、あっという間に悩みごとが解決してしまったんです。まさかあの鳳銀の仮母が、権利書をすべてこちらの王英さんの仮母に譲渡《じょうと》してしまうなんて……！」

商工会長が揉《も》み手《で》をしながら、驚きましたと繰り返す。

「商売敵《しょうばいがたき》さんからこんな素敵なものを頂けるなんて感激ですわ。行く当てのない妓女は、王英で預かりますね。ご安心ください。……金蚕蠱は本当に恐ろしい呪いですね」

茉莉花は商工会長の『鳳銀の仮母が自ら出ていくようにしてほしい』という願いをかなえるために、『金蚕蠱』を利用した作戦を立てた。

まずは見習い妓女に金を渡し、三つの仕込みを頼んでおく。

――金蚕蠱探しが始まったら、ぼろぼろになった絹を仮母に見せて騒ぐ。

――仮母の部屋の窓の外側に、虫を集める効果がある汁《しる》を塗《ぬ》る。

――道教院へお札を取りに行って白虎神獣廟にお参りに行くのはどうか、という提案を仮母にする。

ちなみに、虫が集まる汁を部屋に塗るのは、後宮では定番の嫌がらせだ。酢《す》の臭《にお》いを好む虫、甘い汁を好む虫……虫にもそれぞれ好みがあるのだけれど、これらの汁を同時に塗られると散々なことになるというのは、この眼で見てきている。

（まさか自分がこんな嫌がらせをすることになるなんて……！）

夜な夜な虫の襲撃に遭っていた仮母は、睡眠不足によってふらふらしていた。

茉莉花は仮母の判断力をより鈍《にぶ》らせるため、白虎神獣廟で太陽の光が相手の眼に入るようにしながら、『すべてを押しつけて夜逃げする』という解決策を吹《ふ》きこんだのだ。

「昨夜、鳳銀の仮母さんに呪いの発疹が出たそうですよ」

商工会長の言葉に、茉莉花は曖昧な微笑みを浮かべておく。そして、鳳銀の仮母に心の中でこっそり謝った。

（すみません！　それは漆《うるし》かぶれです！　お菓子の包みに塗《ぬ》っておいたんです……！）

彼女の手の発疹の原因は、呪いではない。しばらくはかゆいだろうけれど、きちんと治るだろう。

「……二年前から鳳銀はずっと大変そうですね」

茉莉花はいよいよ報酬《ほうしゅう》である『二年前』の話を要求した。

仮母は、お茶のおかわりを用意しますねと言って席を外す。

扉が閉まったあと、商工会長は二年前の話をやっと始めてくれた。

「二年前に鳳銀の経営者が代わりました。そのころから呪いの森の話が広まり始めました。それと同時に、この瑞北《ずいほく》の街によそからきた荒っぽい者が出入りするようになったんです」

鳳銀の仮母は、犯罪者と繋がっている。

商工会長は前にそんなことを言っていたけれど、この様子だとただ繋がっていたのではなく、彼女はその犯罪者……いや、犯罪集団の一味だったのかもしれない。

「その荒っぽい人たちは鳳銀で遊んでいたんですか？」

「ええ。昼間から鳳銀を訪ねていましたよ。お店を開けるのは夜になってからのはずなんですけれどねぇ」

二年前に犯罪集団が鳳銀を乗っ取った。そして、犯罪集団の一味が鳳銀の仮母になった。それは間違いなさそうだ。

(でも、これだけだと呪いの森の話に繋がらない)

茉莉花が話の続きを待っていると、商工会長が笑い出す。

「私は、官吏《かんり》さまの仕事は賄賂をもらうことだと思っていました」

「………」

茉莉花は反論できなかった。そればかりではないけれど、事実でもある。

「人助けをしてくださるご立派な官吏さまともなると、どうやら悪いことをあまり考えないようですね」

商工会長は懐《ふところ》からなにかを取り出す。それは道教院の道士によってつくられた魔除けの札だった。

「こんな噂があります。……呪いの森になにかが隠されているのではないか、と」

「隠す……？」

二年前、荒っぽい人たちが瑞北に出入りするようになった。

この事実から見えてくるものはたしかにあるのだけれど……。

「犯罪集団が呪いの森に財産を隠したということですか？」

「武器かもしれませんし、財産かもしれません。もしかしたら住処《すみか》にしているかもしれませんね」

「……県や州に呪いの森の話をしなかったんですか？」

森の中に犯罪集団の拠点《きょてん》ができたのなら、さっさと潰した方がいい。

茉莉花はそう思ったのだけれど、商工会長は首を横に振った。

「呪いの森に手を出せば、彼らは瑞北の街に逃げてくるかもしれません。……経営に困っている妓楼には、空き部屋がいくらでもありますから。先に妓楼をどうにかする必要があったんです」

商工会の人たちは、鳳銀を犯罪集団の隠《かく》れ家《が》にされたくなかった。

だからまずは鳳銀の経営者に自ら出ていってもらい、そのあとに呪いの森をどうにかするつもりだったのだろう。

(商工会長たちは、いよいよその『呪いの森をどうにかする』という段階に入れた。勿論、わたしから県や州にその話をしてもいいけれど……)

茉莉花は、この話に納得しきれない部分がある。

「呪いの森の話を広める意味はあったのでしょうか。寧《むし》ろ、森になにかあることを示してしまっていませんか？　あの森は易雲《えきうん》の村に行く人だけが通っています。なにも言わずにひっそり出入りする方がいいと思います」

実際に、商工会の人たちには『なにかある』と思われてしまっている。

茉莉花もその可能性を一応考えていたけれど、大事なものを隠すために『呪い』を利用するというのは、あまりにも単純すぎる考えだ。

「世の中の人は、官吏さまのように賢《かしこ》い方ばかりではありませんよ」

しかし商工会長は、単純すぎる考えでいいと主張してくる。

「普通の人は、大事なものに誰も近づけたくないんです」

茉莉花は、いつも効率的に仕事をしようとする。無駄《むだ》なことや矛盾《むじゅん》する部分をなくそうとする。

茉莉花にとって『呪いの話を広めるのは無駄なこと』だけれど、他の人にとっては無駄なことではないのかもしれない。

(呪いの森にはたしかに『なにかある』のかも。でも、運河の建設には関係のない話みたいね)

これから易雲の村に行って村人の話を聞くつもりだったので、余裕があれば呪いの森のことも調べてみよう。

「色々教えてくださってありがとうございます。……ところで、わたしは今、首都で新しい催《もよお》しができないかを考えている最中でして……」

茉莉花は商工会長に礼を言ったあと、買付会の話をしてみる。

瑞北の商人が首都の商人に会いに行って取引をしたいと言っても、初めましての関係では話すら聞いてもらえないだろうし、運よく話ができても間違いなく断られる。

しかし、買付会という催しがあれば、いい取引先を探している商人ばかりが集まる。話を真剣《しんけん》に聞いてもらえる機会になるはずだ。

「開催《かいさい》が決まりましたらご連絡《れんらく》ください！」

商工会長が身を乗り出し、茉莉花の手を握ってきた。

この様子なら、いざ買付会を開くことになったとき、外の商人が集まらなかったという悲しい結末にはならないだろう。

「それではこれで失礼します」

茉莉花は王英の仮母に挨拶をしたあと、妓楼を出た。

(呪いの森……か。今回は仕事に関係のないことばかりをしているわね)

宣州牧《せんしゅうぼく》の碗紛失《わんふんしつ》事件の解決。

妓楼『王英』に入りこんだねずみ探し。

妓楼『鳳銀』の経営者の追い出し計画の立案。

視察の報告書に書けないことがこんなにもある。

(でも、人助けは大事なことだわ。……一つは人助けなのか怪しいけれど)

官吏の仕事は、皇帝と民《たみ》に尽くすことだ。国の一大事に関わることばかりをしているわけではない。今回は、民に尽くすというとても官吏らしいことができているのだろう。

そう思えば、気分が明るくなる。

「さて……と、今からだとどこまで行けるかしら」

茉莉花は乗合馬車の乗り場に向かった。

易雲の村に行きたいのなら、慈台《じだい》まで行って、そこからは商人の馬車に乗せてもらうか、歩いて行くことになる。

(呪いの森を一人で通るのはやめておきたい。慈台に住む人に交渉して、馬車を出してもらおうかな)

あそこは犯罪集団の住処が隠されているかもしれない場所だ。

通った人が襲われたという話は聞こえてこなかったけれど、慎重になった方がいいだろう。

白楼国《はくろうこく》の皇帝『珀陽《はくよう》』には、異母兄妹《いぼきょうだい》がたくさんいる。

珀陽は異母弟《おとうと》の冬虎《とうこ》——……仕事では封大虎《ふうたいこ》と名乗っている弟を呼びつけ、近況《きんきょう》報告をさせていた。

「御史台《ぎょしだい》の様子はどう？」

「特に変わりはないかな」

大虎は人懐《ひとなつ》っこく、誰とでもすぐに仲よくなれる。

本人はそのことについてなにも思っていないけれど、珀陽からするとそれは才能の一種だ。官吏《かんり》の監査という仕事にとても向いている。

（人間というのは、気を許した相手には本音を零してしまうからね）

茉莉花《まつりか》のように、心の駆け引きが上手いわけではない。

翔景《しょうけい》のように、証拠を丁寧に積み重ねることができるわけではない。

しかし、大虎なりのやり方で、同じ結果を手にすることはできるのだ。

「茉莉花さんがいないからって、僕を呼び出さないでよ。こっちも忙しいんだから」

大虎が文句を言ってきたので、珀陽は笑いながらも眼を細めた。

「忙しい？　いつも暇そうに見えるけれど」

「翔景がいないから忙しいの！　翔景、一人で十人分ぐらいの仕事をしているからさ」

御史台で働く者は、わからないことやできないことがあったら、苑《えん》翔景を頼ればいいと思っている。

しかし、その翔景が地方の監査に行ってしまった。今は手もちの仕事をなんとか自分だけで終わらせなければならない。

「……ねぇ、なんで茉莉花さんを視察に行かせたの？　あれは報告書の不備を埋めるためのただのお使いなんでしょう？　誰にでもできる仕事をさせる意味はあるわけ？」

大虎はあちこちに友だちをつくっているので、月長《げっちょう》城《じょう》内の噂に詳しい。

茉莉花が工部《こうぶ》の後始末をさせられているという話も早々に耳にしていた。

「その通り。礼部《れいぶ》尚書《しょうしょ》も最初は工部にいたことがある部下へ任せようとしていたけれど、私が『茉莉花に経験を積ませたら？』と言って、茉莉花の仕事にさせたんだ」

「お使いが茉莉花に経験になるわけ？」

「簡単な仕事だから、茉莉花さんのいい経験になる。茉莉花は視察中に他のことをする余裕《よゆう》がある。たとえば、人助けとかね」

大虎は、茉莉花が視察をしながら困っている人に声をかけているところを簡単に想像できた。湖州《こしゅう》に行ったときに、自分もそんな茉莉花に助けられたのだ。

「茉莉花は善良な人間だ。たまにはただの人助けをしたくなるだろう。花娘のときに色々がんばってくれたから、これはそのご褒美」

「人助けできる機会を与えることがご褒美⁉　僕だったら普通に休暇《きゅうか》がほしいよ！」

――初心《しょしん》に帰るという言葉がある。

茉莉花は、困っている人を助けられるような文官でありたいと思っている人物だ。

将来を期待されているから、大きな仕事を割り当てられることがどうしても多くなるけれど、人々の小さな幸せを守るという仕事に関われたら心が癒やされるだろう。

「人助けをすると恩の押し売りができる。暇なときには人助けをどんどんすべきだ。そろそろ茉莉花も人脈を広げる準備をしていく時期だしね」

珀陽の言葉に、大虎はうわっという顔をする。

「恩の押し売りを人助けだと言ってもいいのかな……」

結果的にはそうなるけれど、なにかが違う。

大虎は、ここに頭のいい翔景か茉莉花がいたら、なにが違うのかを教えてもらえたのに……と頭を抱えた。

「失礼します……。おや、お邪魔だったら出直しますよ」

「あ！　頭のいい人がきてくれた！」

大虎がうんうんと悩んでいると、子星《しせい》が現れる。

待っていました！　と大虎は子星を大歓迎した。

「陛下がさぁ、恩の押し売りを人助けって言い換えるんだけれど、なんか違わない⁉」

結果は同じだ。しかし、途中が違う気がする。

大虎がかつての教師に助けを求めると、子星は上手くこの話をまとめてくれた。

「恩の押し売りなのか、それとも親切なのかは、受け取る側が決めることですね」

「うん、そう！　それが言いたかった！」

ようやく納得できた大虎は、大きく頷く。

「親切には親切が返ってくる。それが一番いいのですが……難しいですねぇ」

「子星、私の顔を見ながら言うのはやめてほしいな」

珀陽は爽やかに笑いながら子星に文句を言った。

「子星はさ、親切にした相手から親切にしてもらえなかったことがあったの？」

大虎は、悩ましいという顔をしている子星に尋ねてみる。

すると子星は腕組みをし、過去の出来事を語り出した。

「そもそも親切とは、見返りを求めてすることではありません。返ってこないのは当たり前です。問題にすべきなのは、過剰な親切が返ってきたときでしょう」

「過剰な親切……？」

「さらにお返しをしなければならない、とこちらは考えてしまいますから」

子星の言葉に、珀陽は思い当たることがあったのか、楽しそうに笑い出す。

「前に子星が皿をもって相談にきたことがあったね」

「今は笑い話でも、あのときは笑い話ではなかったんですよ」

大虎は、二人だけの会話を始めた珀陽と子星に、なにそれ！　と入りこんだ。

「安州《あんしゅう》の宣州牧《せんしゅうぼく》が州牧になる前のことです。私は、大変な事態になってしまった宣州牧に手を貸したことがありました。それでとても感謝され、お礼にと大きな皿をもらってしまったんです」

子星はこれぐらいの、と両手で抱えなければならない大きさだったことを示す。

「私は、陶芸のことをよく知りません。大したものではないと言われても、高いものなのか貴重なものなのか、見ただけではわからず……」

「それで私のところにもちこんだんだ」

珀陽は楽しそうにしている。

人へ親切にできたときに楽しいと思える気持ちは大事だ。しかし、珀陽の楽しいはなにか違う気がする……と大虎は思ってしまった。

「宣州牧からもらった皿が高価なもので、大変だったたってこと？」

「それがですね、頂いた皿の銘《めい》のところになにかの文字が刻まれていたんです。それを見た陛下が、宣州牧の趣味の作品ではないかと言い出して……。私の親切に、それ相応の親切が返ってきてよかったです。家宝とか、価値のある皿だったら、笑い話になりませんからね」

「……それさぁ、笑い話というより、苦笑話じゃない？」

趣味の陶芸品を贈るという行為は、贈る側にとってはただの親切であり、いいことをしたと満足することもできるのだろう。しかし、贈られる側にとっては、陶芸品の置き場に困らせられる行為である。

「茉莉花さんは宣州牧にも親切にするでしょう。きっとなにかの陶芸作品をもらって帰ってくると思いますよ」

「うわ～……茉莉花さんが気の毒……」

気の毒かどうかは受け取る側の問題だ。もしかしたら喜ぶ人もいるのかもしれない。

けれども、大虎は今から茉莉花に同情してしまった。

第三章

茉莉花《まつりか》が慈台《じだい》の街に着いたときには、もう夕方になっていた。

知らない土地では、暗くなったら出歩いてはいけない。すぐに街の中心部に向かい、一人でも安心して眠れるようなそれなりの値段の宿を取る。

部屋に荷物を置いてから一階の食堂に入り、いつものように端《はし》の卓《たく》を選んだ。そこから食堂内にいる客の顔を見ていくと、知っている顔を見た気がする。

茉莉花は首をかしげたあと、視線だけで『知っている顔』の人物を探した。

――すると、明らかに官吏《かんり》だとわかる人物が、静かに食事をしている。

茉莉花はまさかと眼《め》を見開いたあと、視線をそっと正面に戻《もど》した。

周囲に溶《と》けこむために、とりあえず店員に声をかけておすすめの料理を頼《たの》み、そのあとにもう一度視線だけを動かしてみる。

(よく似ている他人じゃない……！)

茉莉花は、白湯《さゆ》をもってきてくれた店員に礼を言いつつも激しく動揺《どうよう》した。

声をかけては駄目《だめ》だ。相手は仕事中だろうし、仕事を邪魔《じゃま》するようなことがあってはならない。

他人のふり、他人のふり、と自分に言い聞かせる。

——翔景《しょうけい》さんの次の仕事は、安州《あんしゅう》の監査《かんさ》だったのね……！

食堂の端で箸《はし》を動かしていたのは、御史台《ぎょしだい》の文官《ぶんかん》である苑《えん》翔景だ。

（……ということは、宣州牧《せんしゅうぼく》が賄賂《わいろ》をもらっている話は、御史台内では有名だったのかもしれない）

一応、情報提供だけはしておいた方がいいだろう。

食事がすんだらこれまでの経緯《けいい》を紙にまとめ、翔景にそっと渡《わた》し、あとのことは翔景に任せて自分は視察に集中すべきだ。

しかしそのとき、突然《とつぜん》食堂の扉《とびら》が開き、二人組の男が飛びこんできた。

「翔景さま‼」

茉莉花は顔を上げ、入ってきた男の顔を確認《かくにん》する。

「勝手に出歩かれては困ります！」

「我々は貴方《あなた》をお守りするよう命じられておりますので……！」

食堂内にいる人たちは、翔景と二人組の男のやり取りを緊張しながら見守っていたのだけれど、二人組の男たちの言葉のおかげで『良《い》いところのお坊《ぼっ》ちゃんが勝手な行動をして、護衛が困っている』とわかり、警戒《けいかい》を解《と》いた。

この場にやれやれという空気が広がっていく。

「なぜ私は言われた通りの宿に泊《と》まらないといけないのですか？　そのような法律があるのなら教えてほしいですね」

翔景はというと、厳しい言葉を返していた。

それでも二人組の男は、翔景になんとか食らいつこうとする。

「警護の都合です。ここは首都ではありません。夜は危険です」

「貴方たちに私を警護する気なんてないでしょう。しているのは見張りです。私の仕事をこれ以上妨害《ぼうがい》したら、あとで業務妨害の件で御史大夫《ぎょしたいふ》から宣州牧へ注意をしてもらいます」

茉莉花は、翔景と二人の男たちの会話から大まかな事情を把握《はあく》した。

きっとこの二人組は州軍《しゅうぐん》の人で、宣州牧に頼まれて表向きは翔景の護衛をしているのだろう。しかし、本当の目的は翔景の監査の邪魔をすることだ。

（翔景さんも大変だわ……）

茉莉花はこっそり翔景の周りを見てみた。いるはずの部下がいない。

もしかすると、翔景はこうなることを予想し、一人で監査にきたふりをして部下たちを自由に動けるようにしているのではないだろうか。

（上司が囮《おとり》になる……か。それだけ信頼《しんらい》できる部下がいるのね）

茉莉花は翔景たちのやりとりを静かに見守っていたけれど、あるとき翔景とうっかり眼が合ってしまう。しかし、互《たが》いに無視しておいた。

食事を終えた茉莉花《まつりか》が階段を上がっていくと、うしろにぴたりと張りついている人がいた。茉莉花は階段を上がりきったところで一度立ち止まり、念のために振《ふ》り返《かえ》って誰なのかを確認する。

「翔景《しょうけい》さん……。ええっと……」

「私の部屋にしますか?」

「いえ、わたしの部屋で大丈夫です。こちらへどうぞ」

茉莉花は自分の部屋の鍵《かぎ》を取り出し、部屋の中へ翔景を入れた。

扉には、宿の鍵と旅用にもち歩いている鍵の両方をかけておく。

椅子《いす》を翔景にどうぞと勧《すす》めたあと、茉莉花は寝台《しんだい》に座った。互いに仕事中であることはわかっているので、前置きなく本題に入る。

「わたしは運河建設の視察のお手伝いをしている最中です」

「ああ、工部《こうぶ》案と安州《あんしゅう》案で揉《も》めていましたね。……でしたら、茉莉花さんは工部に異動したのですか? それとも皇帝陛下《こうていへいか》による密命《みつめい》が?」

茉莉花は、そんなに大きな話ではないと手を振った。

「これはお使いみたいなものです。ご存じの通り工部と安州が揉めていたのですが、工部の視察の報告書に不備があったので、視察のやり直しを工部以外にしてもらうことになりました。礼部尚書《れいぶしょうしょ》がくじ引きではずれを引いたので、礼部のわたしにこの仕事が回ってきたんです」

「そういう事情があったんですね。私の仕事になにか関係があるのかと思いました」

茉莉花が湖州《こしゅう》の州牧補佐《しゅうぼくほさ》に任命されたとき、茉莉花と翔景の仕事は重なるところも多かった。

前回は、珀陽《はくよう》が意図的にそうなるようにしていたのだけれど、今回は本当にただの偶然《ぐうぜん》で、互いの目的はまったく違《ちが》う。

「翔景さん、もしよかったらわたしの独り言を聞いてもらえないでしょうか？　お疲《つか》れでしたら途中《とちゅう》で止めてください」

翔景は御史台《ぎょしだい》の文官で、官吏《かんり》の監査をしている。茉莉花に今どんな仕事をしているのかを言えないはずだ。

今から語ることはすべて翔景も知っていることだろうけれど、それでも実際にこの眼で見た話は参考になるだろうし、もしかすると証拠《しょうこ》にもなるかもしれない。

「運河の建設予定地の視察を宣州牧たちが手伝ってくださったんです。わたしは視察後、瑞北《ずいほく》の街に泊まることになりました。宣州牧のご厚意《こうい》で『王英《おうえい》』という妓楼《ぎろう》へ行くことになりまして……」

翔景は茉莉花をじっと見ている。

茉莉花は居心地の悪さを感じながらも独り言を続けた。

「王英の妓女《ぎじょ》たちの着ているものや、王英で出された料理やお酒は、首都にある高級妓楼にも負けないものだったんです。あとで王英の厨房《ちゅうぼう》に立つ機会があったのですが、使われている塩はとんでもない高級品でしたし、出されたお茶も後宮《こうきゅう》の妃《きさき》が飲むようなもので……」

翔景は茉莉花の話を止めない。

茉莉花は、王英で得た情報をどんどん語っていく。

「王英はかなり儲《もう》かっているようでした。王英の仮母《おかみ》さんとお話をしたときに、二カ月に一度ほど立派なお客さんがきていることを教えてもらったんです。そのお客さんは同僚《どうりょう》の方々ときているだけで、王英が接待の場になっているというわけではないそうです。

……そうそう、その方は妓女《ぎじょ》の皆さんにお土産《みやげ》をたくさんもってくるみたいですよ」

こんなところでいいかな？　と茉莉花は言葉を止める。

すると、翔景がくちを開いた。

「すみません、独り言を言わせてください」

「ええ、どうぞ」

茉莉花が微笑《ほほえ》めば、翔景は独り言という名の質問をしてくる。

「茉莉花さんの視察に宣州牧たちがついてきたとのことですが、州牧補佐も全員きていたのですか？」

茉莉花は、留守番役になってしまった州牧補佐の顔を思《おも》い浮《う》かべた。

「策班烈《さくはんれつ》という名の州牧補佐が、くじ引きではずれを引いてしまい、留守番役となりました。とても残念そうにしていましたね」

翔景にとっては、妓楼に行った人と行っていない人の情報はとても重要なものらしい。

（この話が翔景さんの役に立ったらいいんだけれど……）

茉莉花は黙《だま》りこんでしまった翔景を見つめる。

「……茉莉花さんは禁色《きんじき》の小物をもつ文官で、今回の監査の対象になっていないので、ある程度ならこちら側の話を聞いても問題ないでしょう」

翔景が語り出したのは、想像の範囲《はんい》内の話だった。

安州の州牧たちの金遣《かねづか》いが荒《あら》いという密告が届いた。翔景たちは州庁舎の監査に行った。ここまではよくある話だ。

「まずは州の帳簿《ちょうぼ》を確かめました。清廉潔白《せいれんけっぱく》とはいきませんが、特に問題視すべきところはありませんでした」

普通《ふつう》の監査ならそれで終わりになる。しかし、翔景は詳しい調査をもう少しだけ行うことにした。

「密告の仕方が『州牧と州牧補佐の金遣いが荒い』、で不自然だったんです。基本的に、州牧や州牧補佐同士の仲はさほどよくない。賄賂の取り合いですからね。互いを蹴落《けお》とそうとして密告し合うのはよくあることです」

「蹴落としたい人がいるのなら、誰がどういう不正をしているのかをはっきり書くはずなのに、書いていなかった……ということですね」

「そうです。州牧と州牧補佐たちをまとめて密告したのは、州牧たちを憎《にく》たらしく思った胥吏《しょり》か、美味《うま》い汁《しる》を吸えなかった商人か……。私は、州牧たちがどこからか大きな金をもらっている可能性を考え、接待に使われていそうな妓楼を回りました。すると、金梅《きんばい》という妓楼が、商売敵《しょうばいがたき》の王英に金もちの客がきていることを教えてくれたんです」

翔景もまた、茉莉花と同じところに行き着いたらしい。

「街の人からも同じ話を聞けました。二カ月に一度、随分《ずいぶん》と派手な客がきていたそうです。王英の仮母にも話を聞きに行きました。どんな客がきているのかは忘れたと言われ、偽名《ぎめい》が書かれている表帳簿しか見せてもらえなかったんですが……。そこで接待が行われているると思ったのですが、どうやら違ったようですね」

助かりました、と翔景は茉莉花に頭を下げる。

「先ほどご覧の通り、私にはやっかいな見張りがつけられていたんです。王英をもっと探《さぐ》るために、私はわざと別の街に行って見張りを連れ歩き、部下には州都に引き返すふりをしてから王英の見張りをするように命じておきました。ですが、茉莉花さんのおかげで、州都で州牧を見張った方がよさそうだとわかりました。ご協力ありがとうございます」

「いえいえ、お役に立ててよかったです」

茉莉花の勝手な調査は、上手《うま》く翔景へ引《ひ》き継《つ》ぐことができた。これで明日からは運河の建設予定地の視察に集中できるようになる。

（わたしはただのお使いをするだけでよくなるけれど、見張りがつけられている翔景さんはしばらく大変そう……）

二人の見張りは、翔景と州牧に賄賂を渡している誰かが接触《せっしょく》しないようにしたいのだろう。接触しそうになったら先回りし、賄賂を渡している人に逃《に》げろと警告を発するつもりでいるのかもしれない。

「……あ、翔景さん。よかったらもう少しお手伝いをさせてくれませんか？　見張りの方々にわたしを紹介《しょうかい》して、『女性の一人旅は危ないからついていてあげてほしい』と言ってみてください。ちょうどこの街で易雲の村まで馬車を出してくれる人を探そうと思っていたんです」

「ありがとうございます、助かります」

見張りから解放された翔景は、州都に行って、賄賂を渡している者と州牧たちが接触するのを待つだろう。地道な方法だけれど、今のところは一番効果がありそうだ。

(少しでも翔景さんのお手伝いができてよかった)

余裕《よゆう》がある旅というのは、ちょっとぐらいなら寄り道をしても許される。

これからは、少しの余裕を自分でつくれるようにしていこう。


見張りの二人は宿を取り直していたらしく、朝から食堂にいた。

翔景は早速《さっそく》、彼らに茉莉花を紹介する。

「こちらは礼部《れいぶ》の皓《こう》茉莉花さんです。運河の建設予定地の視察にきているそうです。女性の一人旅は危ないですし、彼女につきそってあげてください」

翔景の言葉に、見張りの二人は眼を見開いた。

「我々は宣州牧から貴方の護衛を命じられております！　勝手なことはできません！」

「茉莉花さんは陛下から禁色を使った小物を頂いている官吏です。彼女を危険にさらせば、宣州牧は皇帝陛下からお叱《しか》りを受けるでしょう。そうなれば、宣州牧は貴方たちを処分しなければなりません」

今のところ、茉莉花は『ただの新人文官』でしかない。州牧と茉莉花だったら、州牧の方が偉《えら》い。州軍に所属しているのなら、州牧の命令に従うべき場面だ。

しかし翔景は『皇帝』『禁色』という言葉を使い、二人に圧力をかけていく。

「今の職を失うだけですむといいですが……。宣州牧は自分可愛《かわい》さに、すべての責任を貴方たちに押しつけるかもしれませんよ」

州軍の二人は顔を見合わせた。

茉莉花は押しきってしまうために地図を広げる。

「……ここと、ここ、それからこの村にも行くつもりなんです」

茉莉花は三つの村を指差す。

三つの村にとって、今いる慈台《じだい》は最寄《もよ》りの大きな街だ。しかし、冬に女性一人で慈台から徒歩で村まで行くのは大変である。なにかあっても、なにかあったことさえしばらく伝わらないはずだ。州軍の人に護衛してもらえたら本当に助かる。

（……ええっと？）

茉莉花は、州軍の二人に面倒《めんどう》くさそうな顔を向けられる覚悟《かくご》をしていた。

しかし州軍の二人は、地図を見て驚《おどろ》いている。

（この反応は一体どういう……？）

州軍の二人は「すみません」と茉莉花に言ったあと、二人でひそひそとなにかを話し始めた。しばらくすると話がまとまったのか、ぱっと笑顔《えがお》になる。

「我々二人が茉莉花さまのお供をします。護衛として役に立つかと」

茉莉花はふと、瑞北《ずいほく》の街の商工会長の言葉を思い出した。

——世の中の人は、官吏さまのように賢《かしこ》い方ばかりではありませんよ。

州軍の二人の反応は明らかに『茉莉花の行き先、もしくはその途中に隠《かく》したいなにかがある』である。そして、二人の目的を考えると、隠したいものは『州牧に賄賂を渡している人』だ。

（宣州牧の賄賂に関わっていない別のなにかを隠したいのかもしれないけれど……。まずはその辺りのことを確認してみましょう）

茉莉花は笑顔で翔景に声をかけた。

「翔景さん。地方の一人旅は男性でも危険ですよ。わたしの視察はすぐに終わりますので、ご一緒《いっしょ》しませんか？　そのあと、わたしは州都に戻って首都行きの乗合馬車に乗る予定なので、よかったらそこまで……」

茉莉花はそう提案したあと、州軍の二人に微笑みかける。

「その方がお二人も助かりますよね？　元々は翔景さんの護衛ですから」

州軍の二人は「助かります！」という表情になってくれなかった。困り顔でひそひそとまたなにかを話し始める。

（翔景さんがくることを歓迎《かんげい》していない。この人たちが隠したいのは、やはり賄賂に関係するものみたいね）

翔景一人では、二人の見張りの動きを抑《おさ》えることはできないだろう。しかし、茉莉花と力を合わせれば、先回りしようとする二人を騙《だま》せるかもしれない。

「茉莉花さん。ぜひご一緒させてください」

翔景は茉莉花の意図に気づいたようだ。身を乗り出しながら頷《うなず》いた。


茉莉花は慈台の街で荷馬車を借り、州軍の二人に御者《ぎょしゃ》をお願いした。

四人で工部案の建設予定地近くにある村を訪ねることになったところまではよかったのだけれど……。

「きゃっ！」

荷馬車の車輪が小石を踏《ふ》んだのか、がたんと跳《は》ねる。

そもそも荷馬車というのは、荷物を載せる馬車なので、人を乗せるつくりになっていない。荷馬車を貸してくれた人の厚意により、藁《わら》を布袋に詰《つ》めた小さな敷物《しきもの》はあるけれど、『みんなが通ったことによってできた道』から生み出される振動《しんどう》を完璧《かんぺき》に吸収することは不可能だった。

（翔景さんと打ち合わせをしたかったけれど、くちを開くと舌を噛《か》みそうで……！）

茉莉花はちらりと翔景を見てみる。翔景は涼《すず》しい顔をしていた。御史台の仕事であちこちに行っているので、こういう道にも慣れているのだろう。

（いつかわたしも御史台へ異動になるかもしれない。でも、やっていける自信がなくなったわ……）

どこかで休憩《きゅうけい》をするときに作戦会議ができたら……と思っていたのだけれど、なんだか翔景の顔色が悪くなっている気がする。

「翔景さん⁉　大丈夫《だいじょうぶ》ですか⁉」

茉莉花の問いかけは、揺《ゆ》れによって聞き取りづらくなってしまった。

しかし、それでも翔景は答えようとし……無理だと判断したのか手で制してくる。

「喋《しゃべ》れないほど酔《よ》っているのなら、早めに言ってください……！　すみません！　ちょっと馬車を止めてください！　休憩しましょう！　このままだと大変なことに……！」

茉莉花は、御者台に座っている二人へ必死に叫《さけ》ぶ。

しかし、がたがたという音が大きくて、なかなか伝わらなかった。

荷馬車がようやく止まり、少し休憩することになった。

翔景は、表情はまったく変わっていないのに顔色は悪いという不思議な状態になっている。

「急ぐ必要はありませんから、ゆっくり行きましょう」

茉莉花の言葉に、翔景は無言で頷く。

ようやく周囲を見る余裕ができた茉莉花は、易雲《えきうん》の村の近くまできていることに気づいた。

易雲の村は山と山の間にある。村と畑がここから見えた。

「がんばって開墾《かいこん》したけれど、作物がなかなか実らない痩《や》せた土地……」

工部案では、運河は慈台近くからこの易雲の村を通っていく。山を乗《の》り越《こ》えるような工事はできるだけしたくない。山と山の間にある平地に運河を通すという案が出てくるのは当然のことだ。

(あ、村の人たちが出てきた)

男の人が家から出てきて、どこかに行く。また別の家から出てきた男の人も同じように村の奥へ向かっていた。畑に行くのかなと思ったけれど、畑には誰もいない。晴れているのに、なぜ誰も畑仕事をしていないのだろうか。

(ええっ⁉　あれで食べていけるの……⁉)

畑をよく見てみたら、作物が育てられていなかった。種をまいたあとに雨が続いて、駄目になってしまったのだろうか。そうなると、大人の男性は街へ出稼《でかせ》ぎに行くしかない。

(大変な暮らしをしているのね。でも、この村の人にとっては先祖代々の土地……)

茉莉花はそこまで考え、そうではなかったことを思い出す。

税の記録を見た限りでは、この村は五十年ほど前にできた。先祖代々とは言えないだろう。

「茉莉花さま、翔景さまの様子はどうですか？　一旦《いったん》、慈台まで戻りましょうか」

州軍の二人がそうしましょうよと言わんばかりに茉莉花へ声をかけてくる。

しかし、翔景は立ち上がった。

「行きましょう。吐《は》くものがなくなったので問題ありません」

具合が悪いのに自信満々の顔をして言いきる翔景に、そういう問題なのだろうか……と茉莉花は思ってしまった。


最初の目的地である扶桑《ふそう》の村は、村自体が運河に潰《つぶ》されるというわけではない。

この村の人々は、名前の通り桑畑《くわばたけ》をつくっていて、その桑畑に運河を通す予定になったのだ。

桑畑が潰されなかった者は残ってもいいし、移住することにした者は数年分の税が免除《めんじょ》されることにもなっている。

「翔景さん。今日はこの村に泊めてもらいましょう」

あと少しで夕方になる。整備されていない道を薄暗《うすぐら》いときに通ると、大きな事故に繋《つな》がるかもしれない。それに、翔景はそろそろ限界だろう。

（わたしもずっと揺れている感覚があるし……）

茉莉花は移動に慣れているつもりだったけれど、今日は精神的な疲労《ひろう》もあってより疲れてしまっていた。

翔景が吐いたら巻《ま》き添《ぞ》えになってしまうので、危険だと思ったら叫んで馬車を止めてもらうという大事な仕事もしなければならなかったのだ。

「すみません。村長はいますか？　私たちは運河の建設予定地の視察にきた者です。余っている部屋があれば一晩お借りしたいのですが……」

州軍の兵士が村の人に声をかける。言葉だけは丁寧《ていねい》だけれど、ほとんど命令のような口調だった。

「これは迷惑料《めいわくりょう》です」

州軍の兵士たちは親切にされて当然という顔をしていたので、茉莉花は出てきた村長にそっと金を握《にぎ》らせる。途端《とたん》、村長の表情が変わった。

「小さな村ですがどうぞどうぞ。官吏さまに泊まっていただけるなんて光栄です！　私の家には二人ほど泊められそうなのですが……。楚雨《そう》、お前の家にも泊めてやりなさい」

茉莉花は楚雨と呼ばれた女性の返事を待たず、迷惑そうな顔をしている彼女にもそっと金を握らせる。すると、楚雨は手のひらをくるりと返してくれた。

「あら、狭《せま》い家ですがどうぞ！　すぐに食事も用意しますね！」

「ありがとうございます。わたしは楚雨さんの家に翔景さんとお邪魔しますね」

見張りがいると内緒《ないしょ》の打ち合わせができない。

茉莉花は翔景と共に楚雨という女性の家で世話になることにした。

「旦那《だんな》は今、街まで出稼ぎに行っているんです。お二人でこの部屋を使ってください。私は子どもの部屋で寝《ね》ますから」

「すみません。ありがとうございます」

茉莉花は夕飯の支度《したく》を手伝うことにする。

ようやく元気が出てきた翔景は、楚雨の息子《むすこ》二人を相手に四書《ししょ》の解説をしていた。

「わかりましたか？」

「わかんない！」

「この人ってだれ？」

男の子二人の元気な返事に、翔景は少し考えたあと、また違う説明を始める。

「わかりましたか？」

「わかんない！」

「どこがわからないんですか？」

「わからないところがわからない！」

翔景はなるほどと頷いている。科挙《かきょ》試験を状元《じょうげん》で合格した翔景の教えは本当にありがたいものなのだけれど、子どもには難しすぎたようだ。

夕飯をご馳走《ちそう》してもらったあとは、部屋でゆっくりすることにした。

茉莉花は翔景に白湯を渡す。貧しい家は、嗜好品《しこうひん》である茶葉を買うことができない。

「親切な方の家に泊めてもらえてよかったですね」

茉莉花はそう言いながらちらりと窓の外を見る。州軍の二人が外でうろうろしてこの家を見張っているということにはなっていないようだ。

（ということは……、この村にはなにも隠されていないのかも）

もしこの村に隠したいなにかがあるのなら、茉莉花と翔景が村へ入る前に理由をつけ、先回りして村人へ口止めをしに行っただろう。

「宣州牧がこの辺りになにを隠しているのかはわかりませんが、賄賂の受け渡し場所は州都にある方が便利でしょう。それなのになぜわざわざ田舎《いなか》に……いえ、今はまだ推測をする段階ではありませんね。先入観なしで情報を集める段階です」

翔景はそう言って白湯を静かに飲んだ。

（賄賂の受け渡し場所……。道中にそれらしく見える怪《あや》しい山小屋はなかった。……わたしも翔景さんと同じで、賄賂を渡すならやっぱり街中がいいな）

今の段階では情報が足りない。明日、別の村に行って、州軍二人の様子を見て、それから考えてみよう。

「まて～！」

「いやだよーだ！」

茉莉花が色々なことを考えていると、廊下《ろうか》から子どもたちの賑《にぎ》やかな声と足音が聞こえてきた。

微笑ましく思うのと同時に、工部《こうぶ》にいる同期の友人から聞いた話を思い出してしまう。

(この家にお子さんがいてよかった)

呪《のろ》いの森で呪われた工部の文官は、子どもがいない家なのに、子どもの足音が聞こえたと言っていた。

自分がそんな体験をしたら、眠《ねむ》れなくなるだろう。

(あぁでも、呪いの森の話はなにかを隠すための嘘《うそ》かもしれないのよね。子どもの足音の話は、呪いにおびえすぎてそう思い込んでしまったのかも。実際は大きなねずみや野良猫《のらねこ》の足音だったとか……)

茉莉花はそこまで考え、はっとする。

(隠しているなにか……。宣州牧は賄賂で、犯罪集団は金か武器か住処……。隠しているものはそれぞれ別のものなのに、調べる先がなぜか重なっている……)

これは小さなひっかかりだ。この二つに関係があるとは思えない。
けれども、異なる二つを比較することでなにかが見えてくるかもしれない。
茉莉花は情報を整理するために、頭の中に白い大きな紙を広げてみる。
とりあえず、すべてを点にして置いてみた。
それらを次々に繋げていく。
——工部の同期から聞かされた呪いの話。
——籍庫《せきこ》で見たもの。
——宣州牧の接待。
——瑞北の街に住む王英の仮母と商工会長の話。
——畑が駄目になっていた易雲の村。
——男性が出稼ぎに行っている扶桑の村に住む人々。
どれも異なる話なので、あまり線が引けない。これといったものは見えてこない。
(……そもそも違う話だから、横に並べるよりも重ねてみた方がいいかもしれない)
茉莉花はやり方を少し変えてみることにした。
一枚の紙にすべての点を置くのではなく、別々の紙に点を置く。
——工部案と安州案。
——州牧が隠しているものと、犯罪集団が呪いの森に隠しているもの。

——易雲の村と扶桑の村。

二枚の紙を重ねていくと、違うところと同じところがわかりやすくなった。

茉莉花は、重ねた二枚の紙を一組ずつ確認していく。

同じところ、違うところ——……どうして同じなのか、どうして違うのかを改めて考え、それぞれに理由をつけていった。

(次は、易雲の村と扶桑の村……。作物が駄目になった畑と桑畑……村人、と……)

二つの村は近くにある。それでも違いはある。しかし、明らかになったいくつかの違いに、理由がすぐつけられなかった。

(この点は同じものになるはず……!)

茉莉花は、どちらの村もじっくり観察できていたわけではない。

易雲の村は、昼に遠くから見ただけだ。扶桑の村は、薄暗くなってからの訪問になったので、すぐに家の中に入ってしまった。

(それなのに違う点がいくつも……。こんなこと……って)

この違いは、同じ紙に点を並べるだけでは気づけない。一つの点をじっと見ているだけでは、不自然さを感じられないのだ。

——確認しないと……!

ここで結論を出すのはさすがに早すぎる。今はまだ、比較するための点を探すことに集中すべきだ。

「翔景さん……お願いがあります」

ここからは慎重《しんちょう》に動いた方がいい。ありがたいことに、茉莉花の視察は急ぐものではない。じっくり取り組むことができる。

「明日、まだふらつくと言って、この村でゆっくりできるようにしてもらえますか？」

「わかりました」

「ありがとうございます……！」

茉莉花は窓から夜空を見る。明日もどうか晴れてほしい。できるだけ同じ条件で点を重ね合わせたかった。


次の日、翔景《しょうけい》は州軍の二人に「まだ揺れている気がして馬車に乗れない」と言ってくれた。

翔景は平然としているように見えるけれど、昨日は何度も無表情のまま大変なことになっていたので、州軍の二人は無理しない方がいいですよと心配してくれる。

「もう一日だけお世話になってもいいですか？」

茉莉花《まつりか》が楚雨《そう》の手をそっと握る。ついでに金を握らせておいた。

楚雨はにこにこ笑いながら「勿論《もちろん》です」と言ってくれる。

「翔景さんはゆっくりしていてください。わたしは楚雨さんのお手伝いをしてきますね」

寒い中、茉莉花は村の井戸で水を汲《く》んだり、薪《たきぎ》を運んだり、野菜を洗ったりした。

天気がいいため、子どもたちは外で遊んだり、母親の手伝いをしたりしている。

茉莉花はすれ違う村人と挨拶《あいさつ》をし、運河建設についてどう思っているのかを聞いてみた。

「運河が通れば船に乗っている人向けの商売もできるし、都市まで野菜を売りに行かなくてもついでに乗せてもらえるかもしれないし、船を停《と》められるような場所もつくれないか、お役人さんに頼んでいるところなんですよ」

「うちの畑は潰れるみたいなんですよねぇ。だから運河を通る船を相手にした商売をするか、移住するかで迷っているんです。移住先は住みやすいみたいだし、どうしようかしら」

村の女性たちは、運河建設に反対するような言葉をくちにしなかった。

逆に、船に乗っている人を狙《ねら》って運河の両脇《りょうわき》で屋台を出してみたいだとか、ちょっとした嗜好品を売りに行く小舟《こぶね》を浮かすつもりでいるとか、新しい商売の話を楽しそうにし始める。この村の人たちはとても逞《たくま》しい。

（色々な人の話を聞いてみたかったけれど、若い男の人だけはどこにもいないのよね……）

若い男性は近くの街へ出稼ぎに行っているのだろう。

この村は今、すべてを女性だけでしなければならないので、茉莉花は力仕事を積極的に引き受けることにする。

「すみません。こんなことまで手伝ってもらってしまって……」

昼食のあと、食器を丁寧に洗う茉莉花に、楚雨は申し訳なさそうな顔をした。

「いえいえ、とんでもないです。こちらこそ、馬に藁を分けてくれてありがとうございます。本当に助かりました」

大きな街には馬車や馬を停めておける宿があるけれど、小さな村にはない。馬車を引く馬は、村の外の木に繋ぐしかなかった。

「この村はいつも大きな街まで野菜や油を売りに行っているんですよね？」

「ええ、そうです」

「村長さんの馬をみんなで使っているんですか？」

「はい。まとめて売りに行ってもらっているんです。でもかなりの老馬なんですよ。いつまで働いてくれるのか……。あ、隣《となり》の易雲《えきうん》の村は、新しい馬を飼い始めたみたいです。うらやましいですよ」

「……新しい馬？」

茉莉花は易雲の村の様子を思い出す。

畑になにも植えられていないあの村は、新しい馬を買う必要なんてない。

(白い紙に新しい点を置けば置くほど、違和感がはっきりしていく……)

茉莉花が最後の一枚を洗い終えると、子どもたちの声が響いてきた。

「行ってきます〜!」

「村の外に出たら駄目よ!」

「はーい!」

子どもたちは楚雨の注意に返事をしたあと、家から出ていく。寒くても外を駆《か》け回《まわ》りたいのだ。

「遊び相手をしにわたしも外へ行ってきますね」

茉莉花が手を拭きながらそう言うと、楚雨は苦笑《くしょう》した。

「真面目につきあったら倒《たお》れてしまいますよ。適当なところで戻ってきてくださいね」

「そうさせてもらいます」

茉莉花は外套《がいとう》を着て外に出る。

十歳に満たない子どもたちがあちこちで遊んでいた。数えたら五人いたので、村の子どもも全員が外に出てきているのだろう。籍庫で戸籍《こせき》を見たことがあるので、数に間違《まちが》いはない。

(たしか易雲の村には、十歳に満たない子が四人いるはず)

冷たい風が吹《ふ》きつけてくる。ぶるりと身体が震《ふる》えた。

……本当に、こんなことがあってもいいのだろうか。

子どもたちの遊び相手をしたあと、茉莉花は村の外に繋がれている馬の様子を見に行く。ちょうど州軍の二人が馬の世話をしている最中だった。

「茉莉花さま、翔景さまの具合はどうですか？」

「翔景さんはまだ身体がふらふらするみたいです」

「馬車の揺れに慣れていない人は、どうしてもそうなりますからね」

州軍の二人は馬を撫《な》でながら気の毒だという顔をしている。どうやら茉莉花たちの嘘を本気で信じてくれているようだ。

（……嘘をとっさに上手くつける人はそういない）

珀陽《はくよう》はとっさに上手く嘘をつけるけれど、珀陽ほどの人はなかなかいないだろう。

茉莉花は、この二人に探りを入れてみることにした。

「翔景さん次第ですが、明日は易雲の村へ行こうと思うんです」

茉莉花が穏《おだ》やかな口調で明日の予定を告げると、二人は馬を撫でる手の動きを止めてしまった。

「整備されていない山道はとても揺れますよ！　よかったら我々が代わりに用事をすませてきます！　視察したいんですよね？」

そして、とてもわかりやすい反応をしてくれる。

これでは「易雲の村に近づかないでくれ」と言っているようなものだ。最後はすべて易雲の村に繋がるのかもしれない。

——これは呪いよりも恐《おそ》ろしい話だ。

白楼国《はくろうこく》内でとんでもないことが起きている。

(わたしたちは二年も見過ごしてしまった……)

追い詰められた人間は、なにをするのかわからない。それは加害者も被害者《ひがいしゃ》も同じだ。

「それでは明日の翔景さんの具合を見て、お二人にお願いするかどうかを決めますね」

茉莉花はそれだけ言うと、足早に村の中へ戻る。

——子どものはしゃぎ声が聞こえてきた。

この村はとても平和だ。どの村もこうであってほしい。

思わずため息をつけば、それは白いもやとなって消える。

この村の子どもたちを見ながら、易雲の村の子どもたちのことを考えていると、翔景の声が横から聞こえてきた。

「茉莉花さん、大丈夫ですか？」

「翔景さん……」

いつの間にか翔景が近くに立っている。どれぐらいぼんやりしていたのだろうか。

「外の空気を吸いたいと言って出てきました。風邪《かぜ》をひいたのではありませんか？　顔色がよくないです」

翔景の心配の言葉のおかげで、茉莉花は少しだけ肩の力を抜くことができた。

きっと運がよかった。自分は今、一人ではない。

「わたしは大丈夫です……。中に戻りませんか？　大事な話があるんです」

茉莉花は翔景を連れて楚雨の家に戻り、周囲に誰もいないことを確認してから地図を広げる。

「易雲の村は、なにかがおかしいです」

近くで易雲の村だけを見ていたら、『なにか』に気づかないだろう。

『なにか』は遠くから見て、そして他と重ね合わせることで、やっと見えやすくなるのだ。

「今日は天気がいい日です。この村の子どもたちは外で遊んでいて、村の女性は洗濯《せんたく》や食事の用意のために家の外へ出ています。ごく普通の光景に見えますが、気になる点が一つ。実はまだ村の中で、働ける年齢《ねんれい》の男の人に一度も会っていないんです。村の男の人たちは、みんな出稼ぎに行っているみたいですね」

勿論、病気や怪我をして村に残っている人もいるだろう。しかし、それは例外にしておく。

「豊かではない村は、冬になるとどこもそうなってしまうでしょう。……ですが易雲の村は、男の人ばかりが外にいました。あの村は豊かではありません。税の記録簿《きろくぼ》でもそれは確認できています。出稼ぎに行かなければ食べることができないはずなんです」

「……偶然という可能性もありますよ」

出稼ぎから一時的に帰ってきた者が何人もいたのかもしれない。

そういう偶然が重なることもたしかにある。

「外に子どもがいなかったんです。晴れの日なのに一人も外に出てこないなんてこと、あるんでしょうか。流行病《はやりやまい》で全員が寝こんでいる可能性もありますけれど……」

子どもが見えなかったことも『偶然』の一つなのだろうか。

「畑でなにも育てていなくて、運ぶ作物がないのに、わざわざ新しい馬を買ったのも偶然でしょうか」

茉莉花はここにきて、視察に行った工部《こうぶ》の文官の話がとても重要だったと気づく。

「易雲の村に行った工部の文官から、若夫婦とその弟が暮らしている家に泊めてもらったという話を聞きました。家の人から子どもはいないと言われていたのに、夜になったら廊下から子どもの足音が聞こえてきて、それで怖くなって逃げ出したと……」

この話を聞いたときは、呪われたという部分に気を取られていた。

そのあと、籍庫に行って村の戸籍を確認したときは、戸籍自体に問題がなかったのでなにも思わなかった。

しかし、今ここでこの二つを重ね合わせたとき、ようやくなにかがおかしいと気づくことができたのだ。

「易雲の村の若夫婦には、子どもが必ずいるはずなんです。そして、若夫婦と弟が一緒に暮らしている家はありません」

遠くで暮らしていた弟が戻ってきていたという可能性もある。

子どもが突然亡《な》くなる可能性もある。

これも一つずつ見ていくと、おかしいところはない。

しかし、偶然がこれだけ見事に重なるなんてこと、本当にあるのだろうか。

「二年前、外の人がもちこんだ『呪いの森』の話。瑞北《ずいほく》の街で乗っ取られた妓楼。その妓楼に子どもと共に現れた新しい仮母《おかみ》。そして今、呪いの森の先にある易雲の村に子どもの姿がなくて、出稼ぎに行っているはずの大人の男性がいて、作物が穫れないのに新しい馬を買う余裕もなぜかある……」

すべてどこかで繋がっているとしたら、ある事実が浮かんでくる。

「翔景さん。まだこれはただの可能性です。易雲の村にはなにかがあります。砂金や銀、塩、質のいい玉……あの村には価値のあるものが埋《う》まっていました。村人はそれを隠しながら静かに暮らしていたんです」

埋まっているものを皆に知られてしまったら、国や州が出てきて、村だけの財産にはならないだろう。

きっと易雲の村の人たちは、黙っていることにしたのだ。

「採れたものはこっそり売るしかなかったはずです。しかし、善良な村人が慣れない密売に手を出した結果、村の秘密を犯罪集団に嗅《か》ぎつけられ、知られてしまったのでしょう」

商売をするためには商工会に入らなければならないように、密売にもそれなりの規則がある。新規参入した者は目立つし、皆から探りを入れられるだろう。

「二年前、易雲の村は犯罪集団に眼をつけられました。犯罪に手を染めたことを脅《おど》しに使われ、子どもたちを人質《ひとじち》にされ、大規模な発掘《はっくつ》作業をするように命じられてしまった。だからあの村は作物を育てることができず、出稼ぎにも行けないんです。……そして、子どもたちは妓楼に連れていかれました」

商工会長は、呪いの森に犯罪集団の財宝が隠されていると思っていた。

しかし、隠しているものは、呪いの森の先にある易雲の村の中にあるのかもしれない。

「呪いの森の意味をずっと考えていたのですが……、慈台の街から易雲の村までそう遠くありません。馬か馬車を使えば気軽に往復できます。けれども、そこに『呪いの森は昼間に通った方がいい』という条件をつけてしまえば、日帰りしたい人は易雲の村に長く滞在できなくなるんです」

易雲の村には隠したいものがある。村を訪ねてきた人に早く帰ってほしい。

それで呪いの森の話をつくったのだ。

（視察に行った工部の先輩が聞いた子どもの足音も、呪いではなく、犯罪集団の人たちによる脅しだった可能性が高い）

犯罪集団は、視察の文官に村をうろうろされたくなくて、早く帰りたくなるように小細工をした。しかし、工部の文官は予想以上におびえ、夜中に飛び出してしまった……ということなのだろう。

「村を完全に乗っ取らなかったのは、年に一回の戸籍調査があるからです。村人を全員殺してしまったら、この辺りの村の戸籍調査をしている里正《りせい》が村人の入れ替《いか》わりに気づいてしまう。少しずつ住民を入れ替えるつもりだったのでしょう」

それだけの手間暇《てまひま》をかける価値が、あの村にはある。

きっとあの村人たちは、いつか殺されるだろう。その判断は犯罪集団がする。茉莉花たちにはいつなのかわからない。もしかすると明日かもしれない。

「犯罪集団の計画は完璧だったと思います。この計画は本来、発覚しないものでした。……ですが」

「運河の建設計画がもち上がり、易雲の村に運河を通すことになった」

翔景はここに繋がるのかと驚いている。

茉莉花は無言で頷いた。

「運河の建設が始まれば、発掘作業ができなくなるのでしょう。運河をどうしても通したくない。それで……、州牧《しゅうぼく》に賄賂を贈りました。大事な土地からどうしても離《はな》れたくないという理由をつけて、計画の修正をお願いしたんです」

宣《せん》州牧は賄賂を受け取った。そして、犯罪集団の思惑《おもわく》通りに、運河の建設計画の修正を国に求めた。

「今回、易雲の村での犯罪が発覚したのは、宣州牧のおかげだと言えるかもしれません。彼が瑞北で派手に遊んでいたから、州庁舎で働いている人に密告《みっこく》され、翔景さんがきてくれることになりました。彼がわたしを派手に接待してくれたから、視察のついでに賄賂の調査をしようと思えました。賄賂の件がなければ、易雲の村へ行っても特になにも思わず、犯罪集団の人たちの嘘の証言を信じて、その通りに報告していたはずです」

易雲の村の人たちは、ずっと助けを求めていたはずだ。遅くなってしまったけれど、気づけてよかった。

「まずは村の子どもたちを保護しましょう」

子どもたちは鳳銀《ほうぎん》の仮母《おかみ》のところにいるはずだ。子ども連れは目立つ。行方《ゆくえ》が追えるかもしれない。

「それから里正に協力を求め、誰が本来の村人なのかを特定すべきです」

――とある田舎の村を乗っ取ろうとしている犯罪集団がある。

これが首都での出来事であれば、禁軍《きんぐん》が出てくるだろうし、珀陽《はくよう》の力を借りて村人の保護を最優先してもらうことも可能だろう。

しかし、この村の犯罪を止めようと思って州や県に通報したら、州軍が動いてしまう。

「州軍の最高責任者は宣州牧です。宣州牧は裏事情を知らないまま賄賂を受け取っているだけだと思いますが、その証拠はありません。今はまだ、宣州牧と犯罪集団が繋がっている前提で動いた方がいいです」

「……私と貴女《あなた》との連名で皇帝陛下に書状を送れば、禁軍を動かせるでしょうか？」

「動かせると思います」

珀陽は護衛のために禁軍の武官《ぶかん》をつけてもいいと言ってくれた。

村人を守るため、宣州牧たちへ知られないように、すべてを急がなければならない。


翔景《しょうけい》と茉莉花《まつりか》は、二人の見張りを翔景の部下たちに押しつけたあと、連名の書状を書いて翔景の部下に託《たく》した。

途中で宣州牧《せんしゅうぼく》の妨害に遭《あ》う可能性も考え、二人一組を二つ用意し、それぞれに同じ書状をもたせておく。

――派遣《はけん》される武官との待ち合わせ場所は瑞北《ずいほく》の街。

到着《とうちゃく》したら妓楼の『王英《おうえい》』まできてほしいと頼んでおいた。

焦る気持ちを抑えながら待ち続けていると、ある日、茉莉花は宿の従業員に声をかけられる。

「茉莉花さま、王英からの使いがきています」

茉莉花と翔景が急いで王英に行けば、とある一室に通された。

そこにいたのは武官の黎天河《れいてんが》だ。

「天河さん！」

茉莉花は、天河がきてくれたことに喜ぶ。

「お待たせしました。禁軍の部隊は商隊のふりをして宿を取っています」

さすがは天河だ。仕事が早い。そして、頼んだ通り慎重に動いてくれていた。

「道中、誰かに見張られていませんでしたか？」

「御史台《ぎょしだい》の方々が滞在している宿を見張っている二人組は見ましたが、茉莉花さんが泊まっている宿の周りには誰もいませんでした。この王英を見張っている者も、俺の尾行《びこう》をしている人もいません」

現時点では、宣州牧も犯罪集団も、禁軍が密《ひそ》かに瑞北へ入ったことに気づいていない。

茉莉花は胸を撫で下ろすことができた。

「今から詳《くわ》しい話をしますね」

皇帝への書状には、万が一のことを考えて詳しい話を書かなかった。緊急《きんきゅう》事態のために護衛の武官を一個小隊つけてほしいと頼んだだけだ。

しかし、禁軍だと気づかれないようにしてほしいということは記しておいたので、なにかあったということだけは伝わっていたはずである。

「易雲《えきうん》の村が犯罪集団に乗っ取られています。村人の保護を最優先しつつ、犯罪者を捕《と》らえてください」

茉莉花は地図を広げ、易雲の村の場所を指差す。

「下手に動くと気づかれるかもしれないと思ったので、まだなにもしていません。村の人たちが何人いるのか、犯罪集団が何人で構成されているのか、その辺りのこともまだ特定できていない状態です」

天河は茉莉花に、細かい優先順位を尋ねた。

「どのぐらい急ぎの話ですか？　犠牲者《ぎせいしゃ》を出すことなく制圧したいのなら、多くの情報が必要です。村人が何人いて、どの家で暮らしているのか。家のどこで寝ているのか。そこまでわかっていないと、村の人たちが危険です」

「危険というのは、なにかあったら村の人たちが人質にされ、交渉《こうしょう》という方法に変わってしまうからということでしょうか？」

「はい。村に火をつけられる可能性もあります。そうなれば我々は救助活動を優先します。

それでも犠牲になってしまう人はいるかもしれません」

　禁軍の兵士たちを使った正攻法《せいこうほう》で村を制圧したいのなら、どうしても時間がかかる。しかし時間をかけたら、村人が犠牲になるかもしれない。

　茉莉花は、どちらを選ぶべきかを考える。この状況《じょうきょう》なら時間をかける方がいいのかもしれないと思い直したとき、翔景が話に入ってきた。

「茉莉花さん。武官は我々と考え方が違います。できるかどうかで問いかけたら、できるできないという二つの答えしかくちにしないんです」

　翔景は二本の指を立てる。

「ですが、物事が二択《にたく》になるなんてことはそうありません。必ずその中間の選択肢《せんたくし》も存在します。茉莉花さんなら、中間の選択肢から新たな答えを生み出せるでしょう」

　翔景は身体の向きを変え、天河を見る。

「たとえばですが、保護対象である村人たちの人数が少なくなったら、強行突入《とつにゅう》しやすくなりますか？」

「はい」

「犯罪集団の人数を減らすという方法でもかまいませんか？」

「はい」

「なるほど。ではなんらかの方法で、村人か犯罪集団の者たちをできるだけ村から追い出しておけばいいんですね。ここからは具体的に何人になればいいのかを……」

茉莉花は、武官によって決められた『できる、できない』の境目は動かせないものだと思っていた。けれども、翔景は条件をつけ加えることで境目を自由に動かしていく。

（つけ加える条件を自分で選ぶことができるのなら……村人の人数、犯罪集団の規模……人以外で選べるものは……、水や食料……環境？）

水が止まるとか、家が壊れるとか、野生動物に襲われるとか、なにか大きなことがあれば通常の生活ができなくなる。避難するために村から出ていく人もいるだろう。

（みんなをまとめて不安にさせることなら簡単にできるけれど、条件をつけ加えることで村人か犯罪者かのどちらか一方だけとなると……あ！）

茉莉花は、ついこの間の出来事を思い出した。

「距離でもいいですか⁉　村人と犯罪者を引き離すことが一時的にできるのなら……！」

茉莉花は地図を指差し、このぐらいと指を動かす。

「この村からこの辺りまで……、ここまで引き離せば村人を守りながら犯罪集団を捕まえることができます」

天河の指先は、茉莉花が示したところよりも村に近づいた。

「ですが、どちらかのみを誘《さそ》い出《だ》すなんてことは……」

天河は己の指先を見ながら不可能だと呟く。

全員を村から追い出す方法ならいくらでもある。

しかし、相手に気づかれないよう特定の人間だけを誘い出す方法なんてものは、どこにもない。

「犯罪者だけを村から追い出すことならできますよ。これでいきましょう」

それでも茉莉花は「できる」とあっさり宣言した。

天河は眼を見開き、翔景は瞬《まばた》きをする。

「できるんですか……？」

天河の確認に茉莉花は頷いた。

「似たようなことをしたことがあるんです。『壺中《こちゅう》の金影《きんえい》』の練習はできていますから、安心してください。引き離すだけでいいんですよね？」

今度は茉莉花が天河に確認する。

天河は動揺しながらも「はい」と言いきった。

「本当に運がよかったです。仕込みはもう終わっていますから」

茉莉花は紙に筆を滑《すべ》らせていく。迷いのない字で細かい作戦を組み立てていく。

天河は茉莉花の要望に応えるため、その手元をじっと見つめた。

第四章

易雲《えきうん》の村に馬車がやってきた。

馬車から出てきた男は村に入り、村長に挨拶《あいさつ》をしたいと告げる。

「私は新たな州牧《しゅうぼく》補佐の苑翔景《えんしょうけい》だ。これは首都の土産《みやげ》だ。皆《みな》で分けるといい」

翔景は嘘《うそ》の設定を真顔でくちにした。そして、村人に菓子《かし》を渡《わた》す。ちなみにこの菓子は、茉莉花《まつりか》が王英《おうえい》の厨房《ちゅうぼう》を借りてつくったものである。

「新しい州牧補佐さまですか！　ようこそ易雲の村へ！　……村長は膝《ひざ》を悪くしておりますので、私が代理を務めております」

村長代理にしては若い男性が前に出てきた。

翔景は、安州《あんしゅう》なまりが下手だなと思いつつ、そうかと言っておく。

「宣《せん》州牧は、運河の建設については必ず修正案を通してみせるとおっしゃっていた。お前たちはこのままここで暮らすことができるだろう。宣州牧に感謝するといい」

「いつもありがとうございます。よろしくお願いします」

村長代理の男はにこやかな笑顔《えがお》で挨拶をしてくる。

翔景はわざとらしく咳払《せきばら》いをしたあと、村の外を見た。

「ところで……、私がなぜここにいるかというと、運河の建設予定地の視察にきた官吏《かんり》の案内を任されたからだ」

「視察……ですか？」

「前回の視察の報告書に不備があったとかで、追加の視察が行われることになったらしい」

　翔景はやれやれとため息をつく。

　翔景のことを宣州牧側の官吏だと信じた村長代理の男は、「視察の者への発言には気をつけろ」という警告をわざわざしにきてくれたのだと思ってしまった。

「今は村の手前で馬車を止めている。馬車の部品がはずれて動かなくなったことにして、修理の工具を借りると言って私だけが先にきた。いつも通り、視察の者には『この辺りの地盤《じばん》は緩《ゆる》い』『すぐに水が出て工事に向かない』と言ってくれ。……あとはなにか工具を貸してほしい」

「わかりました」

　翔景はまたすぐにくると言って、村長代理の男から工具を受け取ったあと、村を一旦《いったん》出る。村から見えないところまで歩いていくと、茉莉花が待機していた。

　茉莉花は手に木箱を抱《かか》えている。木箱の中には、小さな壺《つぼ》とわずかな絹地といくつかの玉が入れられていた。

「茉莉花さん、村長ではなくて村長代理と名乗る男が出てきました。おそらく、犯罪集団の中でも地位が高い男でしょう」

翔景は、村長代理の男の特徴《とくちょう》をできるだけ細かく茉莉花に伝える。

茉莉花は木箱を握《にぎ》りしめながら、静かに頷《うなず》いた。

この木箱を押しつける先は、犯罪集団の中でも権力をもっている者の方がいい。

「それでは行ってきます」

茉莉花は深呼吸をしてから駆《か》け出《だ》す。

村に近づけば、視察団を待っている村人が見えてきた。茉莉花は村長代理を必死に探す。

——いた！　赤茶色の上着の人！

村人は、こちらに向かって走ってくる小柄《こがら》な人物に気づき、どうしたのかと目をこらしていた。茉莉花は外套《がいとう》を頭からかぶっているため、向こうは男か女かもわからないだろう。

「すみません、これをもらってください……！」

茉莉花は、村長代理の男に木箱をぐっと押しつける。きっと今の声で女だということはわかったはずだ。

村長代理の男は、突然《とつぜん》村に走ってきた見知らぬ女に驚《おどろ》いていたので、うっかり木箱を受け取ってしまった。

「え？　おい！　これはどういう……！」

茉莉花は顔を隠しながらすぐに走り去る。男の足で追いかけられたらあっという間に捕《つか》まってしまうだろう。どうか見逃してほしいと祈《いの》った。

どきどきしながらしばらく走り続けたけれど、追ってくる者はいない。そして、ついに待機場所まで戻《もど》ることができた。

「渡してきました！　お願いします！」

「わかりました」

翔景は武官二人と共に再び村を訪《おとず》れる。

すると、村長代理の男は首をかしげながら、木箱の中身をみんなと見ていた。

(この木箱を村長代理と共に覗《のぞ》いている者は、犯罪集団の一味だな)

被害者《ひがいしゃ》かそうではないかを見極《みきわ》めるための材料は、いくらあってもいい。

翔景は、この村にいる人間の力関係を慎重《しんちょう》に読み取っていく。

「お前たち、なにかあったのか？」

翔景が声をかければ、村長代理の男はぱっと顔を上げた。

「州牧補佐さま！　それが、先ほど不思議な女がやってきて、これを押しつけてきて……途中《とちゅう》ですれ違《ちが》いませんでしたか？」

「ああ、あの女か。ぶつかりそうになったな。大丈夫かと声をかけたら、『すぐ瑞北《ずいほく》に戻らないと』と言っていた」

今から徒歩で瑞北に行くのなら、途中で夜になる。奇妙《きみょう》な話だと村人たちは顔を見合わせた。

「村長代理、その女の話は後にしてくれ。――こちらの方は、運河建設の件で視察にきてくれた武官だ。質問には必ずきちんと答えるように」

「ようこそ、武官さま。易雲の村へ。大したおもてなしもできませんが……」

視察役を任された武官は、茉莉花に頼《たの》まれた通りの台詞《せりふ》をくちにする。

「まずはこの村の最年長の者の話を聞きたい」

「はい。こちらでございます」

村長代理の男が歩き出した。翔景と武官はそれについていく。

「……陽が傾《かたむ》いてきたな。武官殿、視察は手短に終わらせてくれ」

翔景が武官にそう言えば、武官は厳しい声で答えた。

「皇帝陛下《こうていへいか》から任された視察を手短にすませるわけにはいきません。一晩かけてしっかり視察をしましょう」

翔景はやれやれと言わんばかりにわざとらしいため息をつく。

村長代理の男は、視察の武官に早く出ていってもらいたいと思っているだろう。しかし、ただの村人が武官の要求を断れるわけもなく、笑顔で「そうしてください」と答えるしかない。

「ここが村長の家でございます」

村長代理の男は、苛立《いらだ》ちを隠しながら村長の家に翔景と武官を連れていく。

翔景たちはそこでなにかにおびえた様子の老人と話をすることになった。

村長は「余計なことを言うな」と村長代理の男に脅《おど》されているようで、「この辺りは洪《こう》水《ずい》も多かったので、工事をしたら苦労するでしょう」と言い、安州案に有利な証言をする。

「では、次は……」

村長の家を出たら外がもう薄暗《うすぐら》くなっていた。「今夜は泊《と》まるしかないな」と武官が言えば、翔景もしかたないと頷く。

「村長代理、四人分の部屋を用意しておいてくれ」

「わかりました」

視察後、翔景と武官は村長代理の家に、馬車と共に村の外で待機していた部下役の武官二人は若夫婦《わかふうふ》とその弟が住むという家に泊まることになった。


深夜、村長代理の男はとある家に行き、仲間たちと情報交換《こうかん》をする。

村はずれには、視察の武官に絶対見られてはならないものがある。視察の武官には早く出ていってもらわなければならない。

「そっちに泊めた武官の様子はどうだ？」

村長代理の男の問いに、とある男は大丈夫《だいじょうぶ》ですと答えた。

「妙《みょう》なところはありませんでした。もう寝《ね》ています」

「今回、視察にきた武官は随分《ずいぶん》としつこいやつだった。言動には注意しておけよ。このまま善良な村人のふりを続けろ」

「はい」

視察にきた武官は、村人全員と話をしたいと言い出し、夜遅《よるおそ》くまでこの辺りの土地の話を聞き回っていた。こういう真面目な官吏《かんり》は、賄賂《わいろ》で動いてくれないのでやっかいだ。

「視察団の馬車の荷物は探っておいたか？」

村長代理の男が他の仲間の顔を見る。

「野営に必要なものや食料が置いてありました。旅に必要なものばかりです」

「ならそう警戒《けいかい》しなくてもよさそうだな」

運河建設の話がもち上がってから、この村の近くを通る者が増えた。

金儲けができるこの土地を運河で潰《つぶ》されるわけにはいかない。そのために払《はら》った賄賂の金額はかなりのものだ。

（今の州牧《しゅうぼく》は馬鹿だな。貧しいこの村には、賄賂を渡せる余裕なんてないのに）

この先も馬鹿な州牧のままでいてほしい。有能で潔癖《けっぺき》な新しい州牧が就任したら、買収できなくなってしまう。

「お頭、あの奇妙な女の木箱はどうしましたか？」

仲間の一人の質問に、そんなこともあったなという顔を皆がする。

視察団のことでうっかり忘れていたけれど、この村にきたのは彼らだけではなかった。

「瑞北《ずいほく》の妓楼《ぎろう》には人質《ひとじち》のガキたちがいますよね。まさかそこから逃《に》げ出してきたやつだったんじゃ……」

「逃げ出したのなら、ここじゃなくて街の警備隊に駆けこむだろうよ」

村長代理の男は、わざわざ捕まりにくる馬鹿はいないと呆《あき》れる。

「木箱に入っていた玉は、次の行商のときに売ってこい。壺は……」

小さな壺は、子どもがつくったのではないかと思うようなひどいものだった。歪《ゆが》んでいるし、蓋《ふた》をしてもきっちり閉まらない。中身はというと、からっぽどころか、少しの埃と泥とわずかな布切れが入っていた。

「……まあ、この村にはちょうどいい壺かもな」

いまいましいことに、この貧しい村で暮らしていると、立派な服も家具も置けない。視察の官吏がうろうろしている今は、金を貯《た》め続けることしかできないのだ。

村長代理の男は、歪んだ壺もなにかの役に立つかもしれないと思い、このまま家に置いておくことにした。

翌朝、翔景《しょうけい》は天気を確かめるふりをして村長代理の家から出てみる。

朝の散歩をしているだけという演技をしながら、昨夜に行われた仕込みがどうなっているのかを見に行った。

すると、井戸に村の男たちが集まっている。

「どうかしたのか？」

翔景はなにも知らない顔をして声をかけた。

「州牧補佐さま、おはようございます。……それが、井戸水が濁《にご》ってしまったようです。今日は水瓶《みずがめ》の水をお使いください」

「わかった」

翔景はよくあることだと言わんばかりの返事をしたけれど、男たちは不安そうな顔をしていた。

——井戸の水が赤く染まっていた。けれども、赤錆《あかさび》のような濁りではない。飲めるかどうかは、しばらく様子を見ることになるだろう。

（村人の誰《だれ》かが無理に赤い井戸水を飲まされたとしても、体調を崩《くず》すことはない。桑《くわ》の実

からとった赤色を入れただけだからな)

夜遅く、皆が寝静《ねしず》まったのを確認《かくにん》したあと、若夫婦の家に泊まった二人の武官はひっそりと動いていた。井戸の水を赤くしたのもその一つだ。

そして——……。

「なんだこれは……!」

村長代理の家の壁に、泥《どろ》の手あとがたくさんついていた。これも二人の武官がしてくれた仕込みの一つである。

「手あと……?」

翔景は驚いているふりをした。そんな翔景に気づいたのか、村長代理の男が慌《あわ》てて駆けつけてくる。

「州牧補佐さま、おはようございます。申し訳ありません、誰かが早朝にいたずらしたようで……」

「子どもの躾《しつけ》はしっかりしておけ」

翔景は、易雲《えきうん》の村に子どもがいないことを知っていたけれど、子どもが当たり前のようにいると思っている人の演技をしておく。

茉莉花《まつりか》からそのことを聞いたときは、いくらなんでも偶然《ぐうぜん》ではないかと疑ったけれど、この村を遠くから一日中観察し続けた結果、本当だとわかったのだ。

茉莉花の記憶力は本当に素晴《すば》らしい。何気なく見たものもしっかり覚えているため、あとから異変に気づいたときでも、改めて確認しに行く必要はない。

「村長代理、一晩世話になった。我々は準備を終えたら出発する」

「とんでもございません。州牧さまによろしくお伝えください」

翔景たちは身支度《みじたく》を整えたあと、すぐに村を出た。

しばらく馬車を走らせてから一度止め、馬に跳《は》ねた泥をぬぐっているふりをしながら、あとをつけてきている者がいないかどうかを念入りに確かめる。

大丈夫だと判断したあとは、天河《てんが》との待ち合わせ場所に急いだ。

「お待たせしました」

馬車から降りた翔景は、すぐに紙と筆を取り出し、村の内部の様子をさらさらと書いた。それを天河に渡す。

「視察のふりができたので、村の内部のことは大体わかりました。どこに誰が住んでいるのか、誰が被害者なのかもおおよそ把握《はあく》できています」

天河に渡された紙には、家の位置とそこに住んでいる人間の名前が書いてある。

戸籍《こせき》と実際に住んでいる人間に違いがある家には、印がつけられていた。

「犯罪集団の中心人物は、村長代理だと名乗ったあの男で間違いありません。大規模な犯罪組織で村長代理の上にも誰かがいるのか、それとも小規模な犯罪集団でしかないのか、そこまではわかりませんでした」

「これだけでも助かります」

天河は、翔景に同行していた三人の武官からも話を聞く。

今のところ、特別な訓練を受けた傭兵《ようへい》がいる気配はなく、他の土地で盗賊《とうぞく》や強盗《ごうとう》をしていた者たちの集まりだろうということだった。

「予定通り進める。頼んだぞ」

天河は、二人の部下を易雲の村の近くに送りこんだ。


易雲の村では、新たな州牧補佐と視察団がきてから、妙なことが続いていた。

まず、井戸の水が赤くなった。村長代理の家に泥の手あとがついていた。この村に子どもはいないので、村人の誰かが嫌《いや》がらせ目的でやったのだろうと村長代理たちは判断した。

村長代理の男は、村人を一人ずつ呼び出し、村人の手の大きさと手あとの大きさを比べてみる。しかし、大きさが一致《いっち》した者はいなかった。

——なぁ、この手あとって大人の大きさじゃなくないか？

仲間の一人がふとそんなことを言い出す。たしかに、村長代理の家の壁についている泥の手あとは、とても小さい。

全員がこの村のはずれにある墓地を見て、嫌な想像をしてしまう。

あの墓から子どもの死体が出てきたのではないだろうか……と。

「……おい、道教院《どうきょういん》から札をもらってこい」

村長代理の男はここから一番近い道教院——……慈台《じだい》の街へ仲間を行かせることにした。

仲間は新しく買った馬で慈台にすぐ向かい、そして夕方には帰ってくる。

「大変です！　瑞北《ずいほく》の鳳銀《ほうぎん》の仮母《おかみ》が殺されたという噂《うわさ》を聞きました……！」

「なんだって⁉」

鳳銀の仮母は自分たちの仲間で、この村の子どもを監視していた。

いつ誰に殺されたんだと仲間たちはざわめく。

「どうやら金蚕蠱《きんさんこ》を使った者がいたようです……！」

金蚕蠱は強力な呪法《じゅほう》だ。つくり出したことが発覚したら斬首刑《ざんしゅけい》になる。

そんな恐《おそ》ろしいもので呪い殺されるなんて、一体なにがあったのだろうか。

「呪いに使われた金蚕蠱がどこに行ったのかわからなくなり、瑞北では騒《さわ》ぎになっているという話でした……！」

仲間が殺されたら、勿論《もちろん》報復しなければならない。

しかし、呪い殺されたのであれば、報復相手がわからない可能性もある。

「待て、人質のガキはどうなったんだ⁉　あいつらが誰かに助けを求めたら……！」

まずいぞと誰かが言い出す。

「それが、妓楼で働いていた者も次々に死んだという話でした。まずは発疹《ほっしん》が出て、段々と広がって……。明日、瑞北に行って、色々なことを確かめてきた方がいいですよね？」

「ああ、頼んだ。急げよ」

皆、慈台に行ってきた仲間から魔除《まよ》けのお札をもらう。ただの紙切れ一枚だけれど、奇妙な事件が起きているし、おまけに仲間が呪い殺されたということもあって、受け取ったときにはほっとしてしまった。


コンコン……　カサカサ……

コンコン……　カサカサ……

その夜、村長代理の男は、窓の辺りから奇妙な音が響《ひび》いてくることに気づく。

なんの音だと思いながら窓を開けると虫が入ってきたので、退治してから寝台《しんだい》に入った。

しかし、しばらくするとまた同じ音が聞こえてくる。

コンコン……　カサカサ……

段々と不安になってきた。この音は、本当に虫がぶつかってくる音なのだろうか。

コンコン……　カサカサ……

昼間、仲間から金蚕蠱の話を聞いたせいだろう。村長代理の男は虫のことが妙に気になってしまい、眠《ねむ》れぬ夜を過ごした。


翌日、易雲の村でまた奇妙なことが起きた。

——仲間の一人が突然消えてしまったのだ。

最初は、どこかで足を滑《すべ》らせて気を失っているのではないかと思われていた。しかし、どれだけ探しても見つからない。

まさか井戸に落ちたのではと覗きこんでみた者もいたけれど、井戸に浮《う》いていることもなかった。

「まさかあいつ、俺たちを裏切ったんじゃ……」

「でも、財布《さいふ》は残っていたぞ。俺たちの金に手をつけてもいない」

「冬眠《とうみん》から目覚めた熊が出たんじゃないのか？　巣穴に連れていかれて……」

「それはまずいぞ……！」

皆は急いで熊の足跡《あしあと》や爪痕《つめあと》を探し始める。

村長代理の男は、熊に目をつけられたらやっかいだぞとひやひやしつつ、村の周りをぐるりと一周してみた。しかし、それらしい痕跡《こんせき》は見当たらない。今度は本当に熊に襲《おそ》われたのだろうかという別の不安が生まれてしまう。

「……ん？　虫の死骸《しがい》……？」

行方不明になった仲間の家の窓の下に、虫が何匹《びき》も転がっていた。

昨夜、自分も虫の音に悩《なや》まされたことを思い出す。きっと虫が大量発生していたのだろう。なんだか少し安心してしまった。

「お頭！　熊の足跡や糞《ふん》は見つかりませんでした！」

しばらくすると、仲間が報告にやってくる。

（どういうことだ？　熊じゃないのなら……）

その先を考えたくはなかった。仲間の行方不明事件に泥の手あとをつけた何者かが関わっていたら、話が妙な方向に進みそうなのだ。

「いや、やはり熊の仕業だろう。みんなに気をつけろと言っておけ」

「はい……！」

報告にきた仲間は不安そうな顔をしている。

村長代理の男は、その気持ちがわかってしまった。

昨日だけではなく今日もなにか妙で、しかし具体的になにがおかしいのかと問われても、誰も答えられないのだ。

皆が落ち着かない気持ちでいると、昼すぎにとんでもない知らせが届いた。

「村長はいるか⁉」

州軍の兵士が馬に乗って現れ、村長を呼びつける。

村長代理の男は、いつものように村長代理だと名乗り出た。

「瑞北で金蚕蠱がつくられ、多くの人が呪い殺された」

州軍の兵士の言葉に、村長代理の男とその仲間たちはどきっとする。

呪い殺された人々の中に、自分たちの仲間の女がいる。そして、その女は村の子どもたちを連れていた。

もしかして、州軍になにか気づかれたのでは……とひやひやしてしまう。

「……慈台に行った者が、そのような噂を聞いたと申していました」

村長代理の男が慎重に言葉を選んで答えると、州軍の兵士は頷いた。

「金蚕蠱が消えたという話も聞いたか？」

「はい……」

「金蚕蠱をもち出したのは、鳳銀という妓楼で働いていた娘《むすめ》だ。彼女だけ行方《ゆくえ》がわからなくなっている。我々はその娘を捜している最中だが、一人で旅をしている娘を見かけなかったか？」

「あっ……！」

村長代理の男は思わず声を上げてしまった。

数日前、外套で顔を隠した女がこの村にやってきて木箱を押しつけてきたことを思い出したのだ。

――もしかして。

村長代理の男の身体《からだ》がぞくりと震《ふる》える。

(この村から連れていかれた娘が、俺たちに復讐《ふくしゅう》しようと……⁉)

わざわざ捕まりにくる馬鹿はいないと言ったけれど、わざわざ復讐しにくる人間はいるかもしれない。

「なにか心当たりがあるのか?」

「い、いえっ……鳳銀の前を通ったことがありまして、あそこか……と」

「娘の名前は『軌容漣《きようれん》』だ。見かけたら連絡《れんらく》しろ」

州軍の兵士はすぐに去っていった。行方不明《ふめい》の娘を捜しにいくのだろう。

村長代理の男は慌てて家に戻り、あの女から押しつけられた木箱を取り出す。

「お頭……!」

仲間もついてきて、震える声を出していた。

皆、同じことを考えている最中だろう。

「この村に軌姓《きせい》の家はないはずだ」

けれども、その事実だけでは安心できない。この村の子どもと鳳銀で仲よくなった娘が、代わりに復讐しにくることだってあるはずだ。

「壺の中身はなんだったんですか……⁉」

仲間は声を震わせながら村長代理の男に問いかける。

村長代理の男は、この壺を開けたときのことを必死に思い出した。

「入っていたのは、玉と、汚れと、少しの布地……」

金蚕蠱がどういうものなのか、村長代理の男も知っている。

餌《えさ》は高級な絹と人間だ。それを与《あた》えることができなければ、もち主が餌になってしまう。

「……あっ、この壺、蓋がきちんと閉まらない……⁉」

壺をまじまじと見ていた仲間の一人が、驚きの声を上げる。

村長代理の男もそのことは知っていた。漬物《つけもの》の壺にはできないと思っていたのだ。しかし、今となっては『蓋が閉まらない』の意味が大きく変わってくる。

壺の中に入っていた『なにか』が外に出ていけるのであれば……。

「そうだ！　あの女がこれをもってきてから妙なことが続いているぞ！」

「井戸の赤い水！」

「泥の手あとも……！」

そして今日、仲間の一人が行方不明になった。

熊に襲われたのだろうと一度は納得《なっとく》したけれど、ここにきて別の可能性が出てくる。

――壺から逃げ出した金蚕蠱が、餌として食べてしまったのでは？

全員が同じことを考え、全員がぞっとした。

そんなことはありえないと言いたいけれど、不安が喉《のど》に絡《から》みついてくる。

特に村長代理の男は恐怖《きょうふ》を感じていた。

昨夜、外の虫がずっと部屋に入ろうとしていたのだ。

そして、消えた仲間の寝室の窓の下では、何匹もの虫が死んでいた。

金蚕蠱は、その名の通り虫を使った呪いである。これらの奇妙な出来事に金蚕蠱が関係していても納得できてしまう。

「戻りました！」

夜になると、瑞北まで行っていた仲間が戻ってきた。

すぐに皆で集まり、瑞北で得てきた情報を聞く。

「鳳銀は閉まっていて、誰もいませんでした。街の人へ鳳銀について尋ねてみたら、金蚕蠱の話をされました。仮母や妓女《ぎじょ》がみんな金蚕蠱に呪い殺されて、一人だけ生き残った娘がどこかに逃げていったという……」

「金蚕蠱はどうなったんだ⁉」

「見つかっていないそうです。生き残りの娘がもち出したのではないかと言われています。それで、それらしい壺や財宝を見かけても絶対に拾ってはいけないと注意されました」

州軍の兵士の話と同じだ。こうなると、金蚕蠱なんて存在しないと笑い飛ばすことはできない。

「おい、明日は虫探しをするぞ！　村の連中に虫を見つけ出して殺せと言っておけ！」

「はい！」

「殺せない虫がいたら、それが金蚕蠱だ！」

今度はきちんと蓋が閉まる壺に入れて、隣《となり》の村に押しつけにいく。これしかない。

村長代理の男は、明日になったら……と考えながら寝台に入る。すると、またあの音が窓から聞こえてきた。

　コンコン……　カサカサ……

　コンコン……　カサカサ……

虫が部屋の中に入ろうとしている音だとわかっている。しかし、わかっていても気持ちが悪い。

「くそ……！」

村長代理の男は起き上がり、他の部屋に行ってみた。

しかし、その部屋の窓にぶつかってくる虫はいない。虫が這《は》いずり回るようなあの音も聞こえない。

「……なんで寝室だけなんだ？」

目的は寝室なのか。それとも……。

村長代理の男の身体がぞわりと震えた。寝室に一度戻り、布団《ふとん》を抱えて別の部屋に行き、長椅子《ながいす》に横たわる。

（大丈夫だ！　もうなにも起こらない！　呪いなんてあるはずがない……！）

そう言い聞かせながら眠ったけれど、次の日、仲間の一人がまた姿を消していた。

「足跡を徹底的《てっていてき》に探せ！　あいつは俺たちを裏切って逃げたんだ！」

翌朝、村長代理の男は声を張り上げてそう命じた。

けれども、心の中では逃げたとは思っていなかった。家の中に財布が残っていたのだ。金になりそうなものも置いてある。

（いやいや、隠しもっていた金があったという可能性も……！）

念のために行方不明になった仲間の家の窓を見に行ってみた。すると、寝室の窓の外に虫の死骸がいくつも落ちている。

ぞっとしていたら、仲間の一人が真っ青な顔でこの家から出てきて、信じられないことを言い出した。

「その……、家の中を見てきたんですが、あいつ、寝間着《ねまき》のままです……。靴《くつ》も外套も残っているんです……。この寒い時期の真夜中に、寝間着で外套もなく、裸足《はだし》のまま外に出るはずがないですよね……？」

こっそり金を貯めて逃げ出したという可能性は、これで消えた。その代わり、家の中で突然消えたという可能性が出てくる。

村長代理の男は、最初に消えてしまった仲間の家へ急ぐ。

そっちの家の中にも、外出着と外套と靴が残っていた。彼も同じように寝間着一枚で裸足のまま、家の中で消えてしまったのだ。

「まさか……！」

本当に金蚕蠱の呪いなんてものがあるのだろうか。

信じたくないのに、信じなければならないような状況《じょうきょう》にどんどんなっていく。

「金蚕蠱を探し出せ！　早く！」

村長代理の男は仲間にそう命じた。

田舎《いなか》の村だから、探せば虫はいくらでも出てくる。きりがない。

「うわ、毒虫にやられたかな……かゆい」

虫を見つけるたびに潰していたせいか、皆の指に発疹ができてしまう。

全員がかゆみを我慢しながら必死に虫探しを続けたけれど、殺せない虫はいないし、一度探したところからまた虫が出てきた。虫は落としものとは違い、自分の意志で移動できてしまうのだ。

その日は暗くなるまで金蚕蠱探しをしたけれど、金蚕蠱は最後まで見つからなかった。

深夜、村長代理の男は寝室に入らず、別の部屋で夜を過ごす。

（呪いなんてない……！　呪いなんてない……！）

自分にそう言い聞かせて眠った翌朝、今度は村人の一人が姿を消していた。その家の寝室の窓の外にも、虫の死骸が落ちていた。

この村人も、寝間着一枚だけで、外套も着ずに裸足のまま、財布ももたずに夜の間に消えてしまったのだ。そんな状態で逃げ出しても、夜の寒さで凍《こご》え死《し》ぬとわかっているはずなのに。

──壺から逃げ出した金蚕蠱が、毎日一人ずつ、餌にしている。

この状況はそうとしか思えない。もらってきた魔除けの札は、金蚕蠱の強力な呪いに勝てなかったのだろう。

「かゆいな……」

村長代理の男はふと自分の指を見る。発疹があちこちにできていた。

昨日散々虫探しをしていたので、虫に刺《さ》されたのかもしれないし、なにかにかぶれたのかもしれない。

薬を塗《ぬ》ろうと思ったとき、はっとする。

「発疹……?」

村長代理の男の呟《つぶや》きを聞きつけた仲間が、俺もですと言い出した。

「あの……、たしか、瑞北で呪い殺された連中にも発疹が出ていたとか……」

皆の心の中に、不安がじわじわとこみ上げてくる。

ただの偶然だと言える者はもういない。

「大変だ！　井戸の水が腐《くさ》ったかもしれない！」

仲間の一人が叫《さけ》び声《ごえ》を上げた。

急いで井戸を見に行けば、大量の虫が羽音を立てながら井戸の周りを飛び回っている。

　コン……　コン……

　ブウン……　ブウン……

　カサカサ……　カサカサ……

村長代理の男は、虫たちが立てる音にぞっとしてしまった。

(まさか、そんな……！)

思わず自分の指に出ている発疹をじっと見てしまう。

これはきちんと治るのだろうか。それとも、呪い殺された仲間と同じように、自分たちも呪いによって死んでしまうのだろうか。

「きっと金蚕蠱の呪いだ……！」

「なんで俺たちがこんなことに……！」

仲間が次々に叫び出し、頭を抱えた。虚《うつ》ろな目を井戸に向けている者もいる。

村長代理の男は、怒りに震えた。

（金蚕蠱をこの村にもちこんだあの女はどこだ……⁉　絶対に捕まえてやる……！）

すべての原因はあの女だ。間違《まちが》いない。捜して捕まえ、死ぬよりも恐ろしい目に遭《あ》わせなければならない。

「……この村を捨てるぞ！　壺をもってきた女を捜しに行く！」

正直なところ、この金のなる村は惜《お》しい。手放したくない。

しかし、このままここにいたら、全員が金蚕蠱に呪い殺されてしまう。

（くそ！　上手《うま》くいっていたのに……！）

こうなっては、貯めこんだ金をもって、女を捜しつつ別の州に行くしかないだろう。

「お頭！　村人はどうしますか⁉」

「このまま置いていく。あいつらは金蚕蠱の餌にする。馬や馬車に金蚕蠱がついていないか、よく確認しておけ！」

皆、自分の荷物をすぐにまとめ、馬車に乗せる。

荷物のすきまに金蚕蠱が入りこんでいないかを、何度も確認した。

村長代理の男は、不安そうにしている村人たちへ新たな命令をする。

「俺たちは行商に行く。お前たちは作業を続けておけ。怠《おこた》ったらどうなるのか、わかっているよな」

そして、村人をいつものように脅し、仲間と共に出発した。

全員が馬車に乗れるわけではないので、山道をゆっくり進んでいく。

開けたところで一度止まり、金蚕蠱が馬や馬車についていないかを確認し、それからまた移動を始めた。

「……お頭！」

細い道に入ったとき、誰かに道をふさがれる。

村長代理の男は、俺たちにこんなことをするのは誰だと舌打ちをしたあと、くちを大きく開けてしまった。

「あれは禁軍《きんぐん》の旗……⁉」

禁軍がなぜここに、どうして。

なにかの偶然だろうと思ったけれど、禁軍の指揮官はこちらを見て「捕《と》らえろ」と告げてきた。

――瑞北《ずいほく》の街。

茉莉花《まつりか》は禁軍を連れて出発した天河《てんが》を見送ったあと、そわそわしていた。

夕方になって、ようやく街の入り口に馬車や馬の一団が現れる。

街の人たちは「禁軍だ！」「どうしてここに？」「あれじゃない？　金蚕蠱《きんさんこ》が出たからきたんだよ」とざわついていた。

「天河さん！」

茉莉花が声をかければ、天河は部下に馬を預け、茉莉花に嬉しい報告をしてくれる。

「作戦は成功しました。犯罪集団の一味を全員捕まえることができ、村や村人は無事で、怪我人《けがにん》は一人もいません」

「よかった……！」

天河なら大丈夫だと信じていたけれど、茉莉花はそれでもようやく安心することができた。

「茉莉花さんの作戦通り、本当に村から犯罪者だけが出てきましたね」

天河はそのことがまだ信じられなかった。

しかし茉莉花は、当然だという顔をしている。茉莉花にとって、作戦を立てるだけならとても簡単なことだったのだろう。

作戦を聞いたあとなら、天河もできそうだと思った。けれども、聞く前に自力でその作戦を立てることは不可能である。一つ前の段階……『犯罪者だけを村から追い出す作戦を立てる』という気にもなれない。

「茉莉花さんはすごいですね」

天河はただ感心してしまう。

しかし、茉莉花にとっては褒《ほ》められることではないのだろう。

「今回は運がよかったんです。瑞北の街の商工会長と顔見知りでしたから」

茉莉花は、鳳銀《ほうぎん》の仮母《おかみ》の一件で商工会長に恩を売ることができていた。だから商工会長は、『鳳銀で働いていた者が次々に呪い殺されたという噂を流してほしい』という茉莉花の頼みを快く引き受けてくれたのだ。

「この作戦だと、呪いを信じさせるために数日はどうしても必要になるので……。その間になにも起きなくて本当によかったです」

村人を守るため、すべてが『呪い』でなければならなかった。

最初は、夜ごとに村人を数人ずつ誘拐《ゆうかい》する案も、逆に犯罪集団の男を数人ずつ誘拐する案も考えていた。

しかし、村人がただ逃げ出しただけだと思われたら、残った村人が酷《ひど》い目に遭わされるかもしれない。

犯罪集団の男たちをただ誘拐しても、仲間が逃げ出しただけだと思われ、犯罪集団の男たちの怒りが村人にぶつけられるかもしれない。

茉莉花は、二年間も虐《しいた》げられてきた村人たちを、もうこれ以上苦しめたくなかった。

（上手くいってよかった……！）

この作戦が成功したのは、危険な役目を引き受けてくれた翔景《しょうけい》と天河たちのおかげだ。

茉莉花は頼もしい同僚《どうりょう》に感謝しながら、保護した村の子どもたちのところに戻る。

「みんな！　悪い人は全員捕まったから、村に帰れるわよ！」

鳳銀の仮母だった女は、村の子どもを連れて逃げていた。禁軍は逃げ出した仮母をあっという間に見つけ、子どもたちを保護してくれたのだ。

「茉莉花さん、お疲《つか》れさまでした」

翔景は宣州《せんしゅう》牧側《ぼく》の動きを部下に探らせつつ、不安そうな子どもたちに四書《ししょ》の読み聞かせをしていた。

ちなみに、子どもたちはずっとつまらなさそうな顔をしていたし、翔景に理解できたかと問われるたびに「わからない」と元気よく答えていた。

「翔景さんもお疲れさまです。わたしの視察はこれで終わりですが、翔景さんはこれからが大変ですね」

茉莉花の仕事は、運河の建設予定地の視察である。賄賂の話は、ちょっと探ってみるかと個人的に動いていただけで、自分の仕事の範囲内ではない。

翔景はというと、仕事で宣州牧の賄賂の出どころを探っていたので、賄賂を渡していた犯罪集団の取り調べも仕事の範囲内になるだろう。

今回の一件は、翔景が茉莉花に協力を求め、茉莉花はそれに応じた。最終的な報告書は翔景が書く。そういうことにした方がよさそうだ。

そして、犯罪組織の男たちの背後にもっと大きなものがあるかどうかを調べるのは、禁軍所属の天河の仕事である。

「わたしは一足早く首都に戻り、現時点で判明している部分だけでも陛下に報告をしておきます」

「よろしくお願いします」

翌日、茉莉花と翔景は子どもたちを連れて村に向かった。

人質となっていた子どもたちが戻ってきたことに村の人たちは喜び、そして茉莉花たちにひたすら頭を下げた。

「申し訳ございませんでした！　我々がすぐにあのことを報告しなかったせいです……！」

茉莉花と翔景は、村の人たちに案内され、村のはずれに向かう。

洞窟《どうくつ》のような場所に入ると、井戸が掘《ほ》られていた。

「この村ではなにが採れるんですか？」

翔景が井戸を覗きこみながら質問すると、村の人はすべてを諦《あきら》めた顔で告げる。

「──これは塩井《えんせい》です」

なにか貴重なものがこの村から採れているはずだ。

茉莉花は翔景とそういう話をしていたけれど、それでもやはり驚いてしまう。

（地下から塩水が汲み取れるということは、この辺りの土は塩を含んでいるはず。だから作物が育たなかったのね……）

ここはそもそも田畑に適していない土地だったのだろう。

「塩水を煮《に》ていたんですか？」

茉莉花が製塩方法を問うと、村人は申し訳なさそうな声を出した。

「この辺りは乾燥《かんそう》した風が常に吹《ふ》きつけていますので、天日干しをしています。雨もときどきは降りますが、大雨はとても珍《めずら》しいので……」

桶《おけ》に塩が詰《つ》められている。真っ白で粒《つぶ》が大きい。この塩の粒はどこかで……。

「あっ！」

茉莉花は、知り合いの商人から買った塩を服の隠しから取り出した。桶に詰められている塩と紙に包まれている塩の粒はよく似ている。

「それは？」

翔景に尋《たず》ねられた茉莉花は苦笑《くしょう》するしかなかった。

「知り合いの商人から安く買いとった塩です。その人は黒槐国《こくかいこく》の商人から買ったと言っていましたが、もしかするとここの塩だったのかもしれません」

「その商人は密売に手を貸している可能性があります。気をつけてください」

「知らずに客として買っただけみたいでした。あとで警告をしておきますね」

塩をつくったあとは、当然どこかで密売しなければならない。

易雲の村を乗っ取ろうとしていた犯罪集団は、子どもたちを誘拐したという罪と、村人を脅して働かせていたという罪、無許可での大規模製塩の罪、そして塩の密売の罪にも問われることになるだろう。

「どの程度の規模の製塩をしていたのかは現時点でわかりませんが、場合によっては貴方《あなた》たちも罪を問われることになります。覚悟《かくご》をしておいてください」

翔景は冷たい声で村人たちに告げる。

すると、村長は深々と頭を下げた。

「どうか私だけの罪にしてください。私一人で行っていた製塩があいつらに嗅《か》ぎつけられたからこうなったと……」

「わかりました。私からもできる限りのことはしましょう。今のうちに村の者たちとよく話し合い、証言に矛盾《むじゅん》が生まれないよう気をつけてください。それから調査が入るまで、ここへ立ち入らないように」

この村の人たちは二年間、つらい思いをしてきた。

ある者は自業自得《じごうじとく》で終わりにするだろうし、別の者はそれで罪を償《つぐな》ったことにしてやりたいと思うだろう。

「翔景さん。できれば報告書に村の人たちの罪を軽くできるようなことも……」

「小規模な製塩だったと書いておくつもりです」

『製塩』自体を罪にしてしまうと、料理のときにぼんやりしていて塩水を煮詰《につ》めて塩をつくってしまったとか、海に落ちた服を乾《かわ》かしたら塩がついていたとか、ただのよくある話まで罪になってしまう。そうならないよう、小規模な製塩は可能になっているのだ。

「村人たちは密売もしていたはずです。けれども、その証拠はもう残っていないでしょう。犯罪集団の者たちは自分の罪を軽くするために村人へ罪を着せようとするかもしれないので、彼らの証言には気をつけるようにと言っておきます」

「ありがとうございます……！」

翔景は頼《たよ》りになる官吏《かんり》だ。今回、一緒《いっしょ》に動くことができて本当によかった。

（翔景さんではない他の御史台《ぎょしだい》の人と出会っていたら、こうはならなかったはず）

御史台は仕事の内容を部外者に教えることはできない。

しかし翔景は、茉莉花なら信頼できるという理由で情報交換をしてくれた。翔景のその決断がなければ、茉莉花は易雲の村の異変に気づかないまま視察を終えただろう。

「茉莉花さん、こちらこそ本当にありがとうございました。一人では宣州牧の賄賂の元にたどり着けなかったかもしれません」

「翔景さんなら別のやり方で絶対に気づきましたよ」

宣州牧は二カ月に一度、派手に遊んでいた。

つまり、賄賂も二カ月に一度の割合で渡されていた可能性が高い。

宣州牧や州牧補佐を二カ月間しっかり見張れば、怪《あや》しい男を見つけることができただろう。その男が易雲の村の者で、そして村になぜか子どもがいないということにも、いずれ気づいたはずだ。

「それでもこの村の人たちは『今』救われたかったはずです」

翔景の言う通りだ。茉莉花は今すぐこの人たちを救いたかった。

そして、翔景は茉莉花の意志を尊重し、もっとゆっくり確実にやればいいと言わなかった。監査《かんさ》の仕事の手を止め、手伝ってくれた。

「今救うことができたのは、翔景さんがわたしを信頼してくれたおかげですよ」

茉莉花がそう言って微笑《ほほえ》めば、翔景の表情がほんの少しだけ柔《やわ》らかくなる。

「貴女《あなた》と強い信頼関係を築けて嬉《うれ》しいです。やはり……」

「そうそう！　わたしたちはお友だちですから！　これからも助け合いましょう！」

茉莉花は、翔景の親友の続きの言葉を奪《うば》うことになんとか成功した。

今はまだ翔景の親友になるという決断はできない。頭の中の白紙に点を置かなくても、翔景の親友になれば苦労するという答えが見えている。

茉莉花は親友危機を回避《かいひ》したことにほっとしながらも、改めて村人からこの辺りの地盤の話を聞いてみることにした。

（……あ、子どもたちがはしゃいでいる）

別の村では当たり前の光景だった。

茉莉花は、あるべき姿に戻った村を見て嬉しくなる。

「お姉ちゃん！　助けてくれてありがとう！」

子どもたちから声をかけられた茉莉花は、心からの笑顔を向けた。

——わたしの文官としての力は、このためにある。

ただの少女だったら、この人たちを救えなかったはずだ。

文官という仕事には、苦しいことも嫌なこともたしかにある。けれども、困っている人を助けるという当たり前のことができる限り、この先もがんばろうと思えた。

茉莉花《まつりか》の仕事は『運河の建設予定地の視察』である。

犯罪者を捕まえることでも、州牧《しゅうぼく》の不正の証拠を摑《つか》むことでもない。

あとのことを御史台《ぎょしだい》の翔景《しょうけい》に任せた茉莉花は首都に急いで戻り、現時点でわかっていることを珀陽《はくよう》に報告した。

「――……という経緯《けいい》で、新たな塩井《えんせい》が易雲《えきうん》の村にて発見されました。こちらがその塩井でつくられた塩です」

白楼国《はくろうこく》は海をもたない国だ。新たな塩井や塩湖《えんこ》の発見はとても大事なことである。

茉莉花からの報告を聞いた珀陽は、思わず苦笑してしまった。

「今回は本当にただのお使いのつもりだったんだけれどね」

「わたしもそのつもりでした。……今回は運がよかったんです」

これは『突然井戸から塩水が出てきた！　その第一発見者になってしまった！』という話ではない。

易雲の村のはずれに塩井があって、それは既《すで》に発見されていた。村人は国に気づかれないようにこっそり塩をつくり、売りに行っていた。

しかし、いつのころからか犯罪集団に目をつけられ、許可のない製塩と密売を密告してやるぞと脅され、村を乗っ取られてしまった。犯罪集団は村人を従わせ、塩の生産量を増やしていった。子どもたちを妓楼で働かせた。

犯罪集団が多くの金を得られるようになったころ、運河建設の話がもち上がり、易雲の村は移住を迫られてしまった。このままでは村での製塩ができなくなるため、犯罪集団は州牧に賄賂を贈り、易雲の村に運河を通さないよう頼んだ。州牧はその賄賂で派手に遊び、茉莉花を接待した。

（……碗《わん》の紛失《ふんしつ》事件が起きて、それを解決できたから、王英《おうえい》で接待を受けることができたのよね）

茉莉花は、宣州牧のあまりの金遣《かねづか》いの荒《あら》さに驚き、賄賂を受け取っていることを確信した。だから少しだけ調べようと思えたのだ。

賄賂の証拠を摑もうとして王英に探りを入れたら、王英の仮母《おかみ》の困りごとを解決することになってしまった。王英の仮母の困りごとを解決したら、商工会長を紹介《しょうかい》され、商工会長の困りごとを解決することになってしまった。

（視察にまったく関係のないことを三つもしたと思っていたのに……）

それがまさか、易雲の村で起きていたことを知るための最短の道のりだったなんて、あの時点でわかるわけがない。

「……この一件は、偶然が上手く組み合わさっていたね」

珀陽は穏《おだ》やかな声で茉莉花に語りかける。

「でも、本質はそこではないと思う。茉莉花が困っている人に手を差《さ》し伸《の》べたから、助かった人は茉莉花に大事なことを教えたんだ」

茉莉花は、困っている人を「それは大変ですね！」と言って、前のめりになって助けたわけではない。急ぎの視察ではないから手伝おうぐらいの気持ちだった。

「茉莉花を見ていると、当たり前に誰かを助ける人は、助けたあとになにも感じていないことがわかるよ。いいことをしたと思っていないから、記《き》憶《おく》にとどめようとしない」

なんだか過大評価されている気がした茉莉花は、そわそわしてしまう。自分はそこまで立派な人間ではない。

「あとは、茉莉花に余裕《よゆう》ができたということも大きいだろう」

「余裕……ですか？」

「茉莉花は『余計なことをしたら怒られる。やめておこう』と思う人間だろう？」

「その通りです……」

「でも、功績を積み重ねて、みんなに認められてきた。余計なことをしても文句を言われなくなってきた。だから今回、余計なことをしようという気になれたんだ。『宣州牧の賄賂について調べてみよう』とかね」

余計なことが『いいこと』であっても、しない方がいい。

茉莉花はそう思って生きてきたけれど、皆に認められることで、本当はしたかった余計なことができるようになってきている。

（認められた先に、つらいことばかりがあるわけではない……）

嬉しいこともたくさんあった。きっと気づかないうちに、自分は変わっているのだろう。

「認められたことで変わってきた茉莉花が、いつものように人助けをした。だから、偶然の積み重ねから、大事なものを発見することができたんだよ。一年前の茉莉花には絶対にできなかったことだ。一年前なら、視察だけして帰ってきていただろうからね」

珀陽の言葉が、茉莉花の心にじわりと染《し》みこんでいく。

胸を張ってもいいのかもしれない、と嬉しくなってきた。

「茉莉花にはがんばってきた分だけ認められてほしいし、ご褒美《ほうび》もしっかり渡したいんだけれど、今回はそうもいかない」

珀陽の声に、申し訳ないという響きが混じる。

「州牧と犯罪集団が繋がっていたことは、大きな事件だ。けれども宣州牧からしたら、賄賂をもらって運河の建設案に修正を少し入れただけのつもりだったろう。彼だって無断製塩と密売を行っている犯罪集団からの金だとわかっていたら、絶対に受け取らなかったはずだ。そこまでの犯罪ができる人物ではないからね」

州牧は、普通《ふつう》の判断ができる官吏《かんり》でなければならない。

やる気がありすぎる有能な官吏が州牧になると、その州だけ改革が進んでしまい、他の州との足並みが揃《そろ》わなくなるのだ。しかし、だからといってなにもしない人物でも困る。

州牧は、早く中央に帰りたいと言いながらそこそこの仕事をし、ついでに少しばかりの賄賂をもらうぐらいでちょうどいいのだ。

宣州牧も普通の判断ができる官吏だと思われていたから、州牧に任命されたのだろう。

「無断製塩と密売に関わったとなれば、州牧の責任追及《ついきゅう》だけで終わらず、任命責任の話にもなるかもしれない。吏部尚書《りぶしょうしょ》のところで話が終わるならいいけれど、もしかすると皇后派《こうごうは》が私の評判を落とそうとして、私を非難するかもしれないしね」

皇帝『珀陽』の評価はとても高い。それは珀陽の後ろ盾になっている皇后派にとって喜ばしいことだけれど、不安要素にもなっている。

——十年後、珀陽が皇太子《こうたいし》に譲位《じょうい》すると言い出したとき、周りにまだ譲位しないでくれと引き止められるかもしれない。

——皆に名君だと褒《ほ》め称《たた》えられることで、珀陽の気持ちが変わるかもしれない。

このまま珀陽の名声がひたすら上がったら困ると皇后派に思われていても、不思議ではないのだ。

「だから今回は、『宣州牧は賄賂をもらって運河の建設計画に修正を入れようとしていた』

という事件と、『とある村が犯罪組織に乗っ取られ、無断製塩と密売を行うよう命じられていた』という事件に分ける。二つは完全に別物だ」

このあと茉莉花は、塩井を見つけた武勇伝を語れと皆から言われるだろう。

語ってもいいけれど余計なことは言わないように、と珀陽は命じているのだ。

「賄賂の件は御史台のみのお手柄《てがら》。無断製塩と密売に気づけたのは、賄賂の件で聞き込み調査をしていた苑《えん》翔景と、運河の視察で聞き込み調査をしていた晧《こう》茉莉花が、行き先が一緒になって情報交換をしたからだということにする」

「わかりました」

政《まつりごと》というのは、正しいことだけをしたら必ずいい結果になるというわけではない。

真実を一部伏《ふ》せることも、ときには多くの人を救ってくれる。

「塩井がどのぐらいの規模なのかはまだわからないけれど、とりあえず国と安州《あんしゅう》が一緒になって開発を進めていくことになるだろう。塩の生産量によっては、首都でも売ることになるかもしれない」

――安州の塩が首都にくる。

茉莉花は眼を見開いてしまった。そんなつもりはなかったのだけれど、珀陽から頼まれていた仕事がこれで大きく前進するかもしれない。

「あ……！」

「そう。首都の商工会の制度を崩壊させるという話をしていたよね。子星《しせい》から聞いたけれど、買付会をする話が出ているんだって？　その提案を実現させたら、首都の商人と外の商人の交流の機会が増える。……でも、それだけでは足りない」

買付会を成功させるだけでは、商工会の人たちの結論が『季節ごとの買付会をしよう』で終わる可能性がある。

外の商人が首都で直接商売できるようにするためには、誰もが認めるような『例外』がどうしても必要なのだ。

「商工会も、人が生きていくためには塩が必要だとわかっている。首都での塩の需要《じゅよう》は増えているから、商工会内の塩商人だけではどうすることもできなくなる日がくるだろう。塩商人の出入りだけは、特別扱《とくべつあつか》いをしなければならないようになる」

商工会の人もしかたないと自ら受け入れるような『なにか』は用意できた。

あとはそれに「しかたない」と言いやすくなるように、外の商人との交流をどんどん増やしていくだけだ。

「買付会の方も頼んだよ」

「はい」

そのとき、珀陽は耳に髪《かみ》をかける。

元々二人きりにしてもらっていたけれど、それでも皇帝の執務室は誰が聞き耳を立てているかわからない場所だ。慎重になった方がいい。

茉莉花はさり気なく袖《そで》を払い、しわを直すような仕草を見せた。

「無事に帰ってきてよかった。今日はゆっくり休んでほしい」

「……ありがとうございます」

珀陽は、皇帝として、一人の人間として、茉莉花の無事を喜んでくれている。

茉莉花は、文官として、一人の人間として、そのことがとても嬉しかった。


茉莉花は皇帝の執務室《しつむしつ》を出たあと、礼部尚書《れいぶしょうしょ》の部屋に向かった。

無事に戻ってきたという報告をして土産を渡すと、礼部尚書はにこにこしながら「今日はもう帰っていいよ」と言ってくれる。

茉莉花はありがとうございますと言ったあと、礼部の仕事部屋へ行って皆にも土産を渡した。

それから工部《こうぶ》尚書を訪ね、視察の報告書を渡す。これでようやく一段落だ。

「あとは出会えた人にお土産を渡して終わりかな」

こちらは早い者勝ちだ。

茉莉花は同期の友人と会うたびにささやかな土産を渡し、急ぎの仕事ではなさそうな友人とは少しだけ立ち話をする。

（噂話《うわさばなし》と交流は大事だと、今回のことで実感したもの）

みんなからの何気ない近況《きんきょう》報告にも、大事な話が隠れているかもしれない。

これからはもう少し、皆へ積極的に声をかけてみよう。

「……あ！　春雪《しゅんせつ》くん！」

茉莉花は資料庫から出てきた友人を呼び止めた。

振《ふ》り返《かえ》った春雪は、「おかえり」と言ってくれる。

「これ、安州のお土産よ」

「こんなところでお土産配りをしているってことは、視察は無事に終わったみたいだね」

「そうなの。ついでに色々あって……。そうそう、前に春雪くん、わたしは地上げが上手そうと言ってくれたわよね」

同期との雑談は大事だ。茉莉花は出発前の春雪との会話を思い出し、自分から話題を振ってみた。

「実は視察先で二回も地上げをすることになって……。正確には、そこに住んでいる人を自分から出ていきたくなるように脅すことが目的で、その土地がほしいわけではなかったけれど」

春雪は「それってただの嫌がらせをしてきたってこと？」と言いたくなる。ある意味、地上げよりも悪どいのではないだろうか。

「今回はすぐに結果を出さないといけなかったから、完璧《かんぺき》な準備ができなくて、怖《こわ》がりな人にしか通用しない方法になってしまったわ」

「あんたの怖がりの基準ってなに？」

春雪は、茉莉花のことをよく知っている。茉莉花と会話を成立させたいのなら、言葉の定義をはっきりさせなければならない。

茉莉花は平気で「わたしにとっては簡単だから、みんなも簡単にできると思っていた」と言い出す女だ。

「幽霊《ゆうれい》や呪いを信じている人……かしら」

「へぇ。僕は半信半疑ってところ。実際に幽霊を見たことはないけれど、どこかにはいるかもねと思っているし、呪いもあるかもしれないねと思っているよ」

「わたしもよ。一緒ね」

茉莉花は笑顔で同意してくれたけれど、春雪は茉莉花と一緒は嫌だなぁと思ってしまった。

「この先、また似たようなことをするかもしれないし、今のうちにもっとすごい脅し方を考えておこうと思ったの。誰もが必ず恐ろしいと思えることは、なかなかないわよね。でも、悪いことを考えるのはとても大事だとわかったから、がんばってみるつもり」

「好きにしたら？　その代わり、僕を巻きこまないでね。絶対に」

茉莉花は基本的に善良な人間だ。人の悪口を言わないし、悪口を求められても笑ってごまかすし、どうしても嫌なことをしなければならなかったら、こういうのは嫌だとあとで被害者面《づら》する。そこがいらっとするのだけれど、やはり基本的に善良な人間である。

だから春雪は、茉莉花がときどきひどい女になることをわかっていても、利用価値がある限りは上手くつきあっていくつもりだった。

（でもさ、悪いことが平気でできるようになったら……善良って言えないよね？）

これから茉莉花は、恐ろしい方向に才能を開花させていくのではないだろうか。

春雪は、そろそろ茉莉花の友人をやめた方がいいような気がしてしまった。

茉莉花《まつりか》は土産を配り終えたあと、月長城《げっちょうじょう》を出る。

帰りは乗合馬車にずっと乗っているだけだったけれど、やはり疲れは感じていた。

今夜は部屋でゆっくりしよう……と思っていたら、大通りで声をかけられる。

「茉莉花さま！　視察から戻ってきたんですね！　お疲れさまでした！」

これは商人の岩紀階《がんきかい》の声だ。彼は他の州の商人なので、偶然会うというのはかなり難しいけれど、どうやら縁《えん》があるらしい。

「あの、紀階さん。少しお話が……」

茉莉花は紀階に塩の密売のことを注意しておかなければならないと思い、人がいないところに連れていく。

「この間、紀階さんから買った塩なんですが、おそらくあれは密売された塩です。密売していた犯罪集団はもう捕まっているので、また買わされることはありませんが、怪しい商売をする人には気をつけてくださいね」

安すぎるものには、それなりの訳がある。

茉莉花の注意に、紀階は驚いた。

「ええっ⁉　あれだけの情報で解決してしまったんですか⁉」

茉莉花は、紀階の言葉に眼を見開いてしまう。

紀階の反応が妙だ。「あれは密売の塩だったんですか⁉」ではなく「気をつけます！」でもない。

「茉莉花さまの頼みだったら、密売商人の情報も売ったのに……！　禁色《きんじき》の小物をもつ官《かん》吏《り》さまは、本当にすごいんですね！　感動しました！」

うわぁと紀階は眼を輝《かがや》かせる。

紀階の言葉のおかげで、茉莉花はどういうことだったのかをようやく理解し始めた。

――商人は情報も売りますからね。お困りごとがあればいつでも声をかけてください！

紀階はきっと、国内で密売をしている塩商人の存在に気づいていたのだろう。

それで証拠となる塩をわざわざ茉莉花に渡し、追加情報がほしいのなら売りますよと言ってくれていたのだ。

(だったら、早くそう言ってほしい……！)

茉莉花は、あれはただの親切だと思い、塩を安く買って終わりにしてしまった。

「あの……、密売に気づいたら、普通に通報してください……」

こんな回りくどいやり方をしなくてもいいのに、と茉莉花が思っていると、紀階はとんでもないことを言い出す。

「茉莉花さまの手柄にしてほしかったんです！　でも、私がそんなことをしなくても、禁《きん》色《じき》の小物をもつ官吏さまは自分で手柄を立ててしまうんですね……！」

どうやらこれは、紀階による親切だったらしい。

手柄になる話がありますよという意味をこめて塩を渡し、追加情報を買わせるつもりだったのだ。

商人にとっては、金も入るし恩も売れるという嬉しい取引である。

(子星《しせい》さんの言葉の意味が、ようやくきちんとわかった気がする……)

商工会の制度は、時代の流れに合わせて勝手に崩壊《ほうかい》する。しかし、それを茉莉花たちの

手で少し早め、自分たちのおかげだという顔をして恩を売ることが大切だと子星は言っていた。

官吏の仕事は、民《たみ》を助けて国をよくすることだ。ときには商人と交渉もしなくてはならない。しかし、商売を仕事にしている商人と、商売の交渉をしても敵《かな》うわけがない。そんな相手との取引で優位に立ちたいのなら、どうにかして先に恩を売りつけておくしかないのだ。

(商人というのは本当に……！)

恐ろしい相手だ。彼らに『誠意』は通用しない。

今回、茉莉花は瑞北《ずいほく》の商工会長に色々な協力をしてもらったけれど、商工会長にとっては借りを返しただけだろう。また商工会長に協力してほしいのなら、茉莉花は再び彼に恩を売らなければならない。

(これから商人のことをもっと学んでいかないと……！)

茉莉花は、賄賂に気をつけるだけでは駄目《だめ》だということを学んだ。

終章

茉莉花《まつりか》は高級な紙を城下町の店で買い、よしと気合を入れる。

まずは安物の紙へ思いつくままに言葉を並べていった。

首都から安州《あんしゅう》に着くまでにどんな景色を見たのか。どんなものを食べたのか。誰とどんな会話をしたのか……。

つまらない普通の話を丁寧《ていねい》につづっていく。

「それから……」

報告書には載《の》っていない『宣州牧《せんしゅうぼく》の大事な碗《わん》の紛失事件《ふんしつじけん》』を細かく書いていく。

どれだけ探しても見つからなくて、結局は元の部屋に隠れていた……と書きながらくすくす笑ってしまう。あのときは大変だったけれど、今となっては笑い話だ。

「でも、あの場にいない人にとっては退屈《たいくつ》な話でしょうね」

それでも珀陽《はくよう》は聞きたいと言ってくれた。その気持ちは茉莉花にもわかる。

一緒《いっしょ》にいる時間なんてほとんどなくて、いつもどんなことを考えているのかわからなくて、だからこそ相手のつまらない日常を知りたいのだ。

（そう、天気が悪かったという話でもいいの）

珀陽が見たものを、そして思ったことを、教えてほしい。

そんなことを考えながら筆を動かし、長い手紙を書き終える。

「ここからが大変だわ」

茉莉花は清書用の高級な紙を取り出す。

珀陽は丁寧な字で書かれた手紙を求めているのではないとわかっていても、きちんと書き直したかった。

——好きだから、見栄《みえ》を張りたい。

そういう気持ちは、きっと珀陽にもあるはずだ。

ありのままの貴方《あなた》が知りたいと言いながらも、ありのままを見せたくないと思う。

思いと行動がずれるのも、言葉と行動に矛盾《むじゅん》が生じるのも、恋《こい》をしているから。

(うん。……恋を楽しもう)

丁寧に文字を書き終えたあと、明日もっていく荷物の中に入れてしまう。

こういうのは迷ったら最後、色々考えて手紙を渡《わた》せなくなる。勢いが大事だ。

「寝《ね》るには少し早いかな……」

無事に手紙を書き終えたという興奮も手伝い、まだ眠《ねむ》くはない。

時間があるのなら久しぶりに琵琶《びわ》へ触《ふ》れておこうと思い、琵琶を取り出してみた。

夜なのでもう音は鳴らせない。調弦《ちょうげん》をせずに弦を押《お》さえて撥《ばち》で弾《ひ》くふりをするだけの練習を始めたのだけれど……。

「……指が、動かない」

少し練習を休むだけで、茉莉花の指の動きはぎこちなくなっている。

一曲をなんとか通して弾けるようになるまで、またしばらく時間がかかりそうだった。


翌朝、茉莉花《まつりか》は早めに家を出る。今日は城下町で色々な人と話をしたい気分だった。

ずっと城下町の人々の『あの人が禁色《きんじき》を使った小物を頂いた皓《こう》茉莉花か』という視線に落ち着かない気持ちになっていたけれど、ようやく開き直って利用しようと思えたのだ。

「おはようございます」

「あ、茉莉花さま！　おはようございます！」

茉莉花は、首都の商工会長を見かけたので挨拶《あいさつ》をしてみる。

すると、向こうから「今日は寒いですね」と会話のきっかけをくれた。

「花市《はないち》があっても、実際に花が咲《さ》くのはまだ先ですね」

「本当に……！　今から夏物の布の話をしていても、こうも寒いといい案が出てこなくて困ります。春物の布は花娘《はなむすめ》となった茉莉花さまが宣伝してくださったので、この色やこの柄《がら》が好まれそうだという具体的な話もできたのですが……」

茉莉花は、都合のいい話が出てきたことにこっそり喜ぶ。

「宣伝効果があったんですか？」

「はい！　茉莉花さまの宣伝効果は本当に素晴《すば》らしかったです。いつもは店を訪《おとず》れた人たちにお勧《すす》めして、お客さまに着てもらうという方法になるので……」

花娘の衣装《いしょう》に使われるものは、一度の機会で首都の人や首都外の人にも見てもらえる。だからこそ、商人は誰だって花娘の衣装に関わりたいし、関われるように知り合いの娘を花娘にしたいのだ。

「夏物に間に合うかどうかはわかりませんが、花市の他に商品を宣伝できる場があってもいいと思います。花市ほどの大規模なお祭りになると大変なので、興味をもった人が覗《のぞ》けるような見せもの……歌劇《かげき》や雑劇《ざつげき》がいいかもしれませんね。話題にできそうな有名な演者を一人だけでも呼んで、衣装を手分けして用意するのはどうでしょうか」

茉莉花の提案に、商工会長は眼《め》を輝かせた。

「歌劇や雑劇！　たしかに首都には大きな劇場もありますし、広場でも定期的に見せものが行われていて、人もよく集まっている……やはり人気の演目……いや、古典衣装は古臭《ふるくさ》く見えるから、雑劇の方が……」

商工会長はもう演目について考え始めている。既《すで》に『劇を使っての宣伝』は決定したあとのようだ。

（でも、この程度の提案では感謝されるだけで終わってしまう。そうならないように、わたしがいないとこの宣伝が成り立たないようにしておかないと）

茉莉花には、他の官吏《かんり》にはない人脈がある。それはなにかというと……。

「わたしは後宮《こうきゅう》の妓女《ぎじょ》へ出演交渉《こうしょう》をすることができます。陛下《へいか》に出演の許可をお願いすることもできます。後宮の妓女を主役にした雑劇というのはどうですか？」

後宮の妓女は、皇帝の許可なく城下町に出ていくことはできない。妓女を辞《や》めて妓楼《ぎろう》の仮母《おかみ》になった人や、指導者となった人はいても、それはもう『元後宮の妓女』だ。

皇帝《こうてい》以外は滅多《めった》に見ることができない『後宮の妓女』。

誰だって興味をもち、一度は見たいと思ってしまうだろう。

「それは素晴らしい案です！　だとすると、……いえ、最初は無料で見られるものにしなければいけませんね。劇場ではなく広場を使って……」

「わたしも広場がいいと思います。花市のように有料席をつくるのは、人が集まるようになってからにしましょう」

これは誰もが気軽に見られるものでなければならない。人だかりができれば、もっと人が呼びこめるからだ。

多くの人が集まるようになったら、有料の座席をつくり、そこから出演料を出せるようにする。ここまでいけたら赤字にならないし、宣伝の効果もかなり大きくなるはずだ。

「一幕は誰もが無料で見られるように広場で、二幕以降は劇場でというのもいいかもしれませんね」

「なるほど！　茉莉花さまは商売上手ですねぇ！」

「いえいえ、とんでもないです」

さて、ここからいよいよ大事な話に入る。商工会長は諸州《しょしゅう》の商人の岩紀階《がんきかい》と薄布《うすぬの》の取引を本格的に始めたところだ。外部の商人との取引に旨味《うまみ》があると思っている商工会長の説得から始めてみよう。

「折角《せっかく》の機会ですから、首都の商工会に所属していない商人や、異国の商人にも衣装をいくつかつくってもらおうと思っているんです。取引先を増やしたい商人も、実際に衣装を着ている人を見てみたいでしょうし」

「外の商人にも衣装を……」

花娘の衣装は、あくまでも首都の商人が買い取ったものだけでつくっていた。首都の商工会主催《しゅさい》のお祭りだから、首都の商人だけが関われるのは当然のことである。

「白楼国《はくろうこく》は、西側の国々との出入り口となる国です。陛下は異国との交流をもっと増やして、優れたものはこの国にも取り入れていきたいと思っていらっしゃいます」

後宮の妓女を呼ぶためには、皇帝の許可が必要だ。

その皇帝は、異国との交流を進めていくつもりである。

つまり、外の商人を呼ばないと許可はもらえないということを遠回しに告げた。

「それに、花市と同じことをしても、人々は飽《あ》きてしまうと思います。この国にない色や布……話題になるものはいくつあってもいいでしょう」

「たしかにそうですね」

皇帝陛下のご意向、それから話題性。

花市とはまた違《ちが》った形のものにしないと、どちらも見に行きたいと思わせることができないかもしれない。

商工会長は頭の中で素早《すばや》く計算をし、茉莉花の要望通りに進めることにした。

「ぜひその方向性で新たな見せものをつくっていきましょう！」

「はい。外の商人への声かけは、わたしがしておきますね」

茉莉花が提案して、茉莉花が許可をもらいに行き、茉莉花が外の商人に声をかける。

この状態で首都の商人にとって『得した』と思える展開にできれば、今度は首都の商人から「またやってほしい」と言わせることができる。

（商人を相手に恩を売るというのは、とても大変だわ……）

そして、これは珀陽《はくよう》の計画の第一歩にすぎない。

その第一歩を、まずは上手《うま》く進めていこう。

商工会長と別れた茉莉花が大通りを歩いていると、うしろから知っている声に呼びかけられた。

「茉莉花さん！　おはよう～！」

「大虎《たいこ》さん、おはようございます」

大虎は琵琶を抱《かか》えている。きっと、いつものように友人の家へ琵琶をもって遊びに行き、そのまま泊《と》まってきたのだろう。

「昨日、茉莉花さんが無事に帰ってきたって話は聞いていたけれど、やっぱり元気な顔を見ると安心できるね」

さすがは噂話《うわさばなし》に強い大虎である。茉莉花が帰ってきた話は、その日のうちに耳にしていたらしい。

「わたしも大虎さんの元気そうな顔を……、もしかして、お疲《つか》れですか？」

茉莉花が心配そうに大虎の顔を覗きこむと、大虎は肩《かた》をがくりと落とした。

「今、翔景《しょうけい》が大きな仕事を抱えていてさ……。普段《ふだん》は僕の仕事を手伝ってくれるんだけれど、それが無理で、自分でやるしかなくて……」

大虎は、翔景の仕事内容について詳《くわ》しいことを言わなかったけれど、安州《あんしゅう》で翔景に会った茉莉花は詳しい話を知っていた。

「わたしが視察へ行っている間に、大変なことになっていたんですね」

「そう！　自分の仕事もあるのに、他の人のこの仕事を手伝ってあげてと言われちゃってさ。でもそいつがやなやつで！」

茉莉花は大変ですねを繰《く》り返《かえ》し、大虎の話をうんうんと聞く。

「あ、僕《ぼく》の話ばかりになっちゃった。茉莉花さんの視察はどうだった？」

「視察は無事に終了《しゅうりょう》しましたよ」

「ということは、視察以外のところが……？　工部《こうぶ》の人から呪《のろ》いの森の話を聞いたよ！　もしかして、なにか恐《おそ》ろしいことでもあった……!?」

大虎の顔色が変わる。

茉莉花はおびえた様子の大虎に笑ってしまいそうになった。

「ええ、恐ろしいことならありました。実は昨夜、久しぶりに琵琶に触《さわ》ってみたら、また指が動かなくなっていたという……」

「うわぁ……。それはもうしかたないよ〜……」

大虎が同情してくれ、またがんばろうねと励《はげ》ましてくれる。

「じゃあ僕は、一度家に帰って着替《きが》えてから行くね」

「はい。それではまた……」

茉莉花はにこやかに別れの挨拶をしたあと、はっとする。

「……大虎さん！　ちょっとお願いがあるのですが！」

「うん？　なに？　茉莉花さんに頼《たよ》られるのは珍《めずら》しくて嬉《うれ》しいな！」

眼を輝《かがや》かせる大虎に、茉莉花はうっと怯《ひる》んだ。

大虎の正体は珀陽の異母弟《おとうと》で、皇子《おうじ》だ。本来は茉莉花がこうやって気軽にお使いを頼《たの》めるような相手ではない。

「なにかのついでで大丈夫《だいじょうぶ》ですので、この手紙を陛下に……！」

茉莉花は、昨夜書いた珀陽宛《あて》の手紙を大虎にさっと差し出す。

一応、うっかり落としたとかうっかり紛失したとか、そういう場合に備えて、誰宛なのかは書いていないし、わからないような手紙にもしておいた。

珀陽以外の人が読んでも、晧茉莉花がつまらない日常の話を友だち宛に書いたものとしか思わないだろう。

「……これを、陛下に？」

「はい……」

大虎が手紙をじっと見ている。

茉莉花はその視線に耐《た》えきれず、差し出した手紙を荷物の中に戻《もど》した。

「すみません、やはりこの話はなかったことに……」

「違うよ！　そういうことじゃなくて！」

大虎は慌《あわ》てたあと、周りをきょろきょろ見る。人がいないことをしっかり確認《かくにん》してから、小声で茉莉花に問いかけた。

「僕から渡してもいいの？　茉莉花さんが直接渡した方がいいと思うけれど……」

珀陽には茉莉花と一緒にいられる時間がほとんどない。仕事でもいいから、茉莉花の顔を見たいだろう。

「これは個人的な手紙で、仕事の最中にお渡しするのはちょっと……」

「なら、仕事のあとに直接渡した方が絶対にいいと思う」

茉莉花が個人的に会いに行けば、珀陽は絶対に喜ぶ。間違《まちが》いない。

「いえ、それが、その……」

茉莉花のためらいに、大虎はまさかと眼を見開いた。

この展開は完璧《かんぺき》にあれだ。色恋的《いろこいてき》なあれだ。

（やった～～～～～！　翔景、見て！　今すぐ帰ってきて見て！　僕が陛下と茉莉花さんの恋の橋渡《はしわた》し役をしているよ！　親友として結婚式《けっこんしき》に参加して祝いの言葉を述べるのは、この僕に決定したからね！）

大虎は心の中で両手を上げた。

茉莉花さんの親友になるのはこの僕だと喜んでいると、茉莉花が恥《は》ずかしそうに手紙が入った荷物をちらちらと見る。

「勢いで書いたものだから、勢いで手放したいんです……！」

「それわかる～！」

大虎は茉莉花の手を両手で握《にぎ》り、うんうんと頷《うなず》いた。

茉莉花と珀陽のためなら、恋文《こいぶみ》の運搬役《うんぱんやく》なんていくらでもしてあげたい。けれども、珀陽の機嫌《きげん》のためには、やはり茉莉花から手渡《てわた》しをした方がいいだろう。

「茉莉花さん！　恋の手紙を書いたら誰だってそうなるから安心してね！」

大虎は茉莉花の眼をしっかり見る。

しかし、茉莉花は瞬《まばた》きを二度して、首をかしげた。

「……恋？」

「え？」

茉莉花の反応が妙《みょう》なことに気づいた大虎は、なんだか不安になってくる。

「この手紙はそういうものではなくて……旅先での出来事を書いたんです。旅先では事情があって地上げのようなことを頼まれて、……昨夜はなにも考えずに悪どい手段を使った話をありのまま書いてしまったのですが、一晩経《た》つと陛下に引かれてしまったらどうしようと思うようになりまして……」

大虎はがっかりした。しかし、すぐに立ち直った。

こういうお使いを繰り返して茉莉花の信頼《しんらい》を得たら、いつかは恋文の運搬も頼まれるはずだ。

(うん、そのためにも今は……)

大虎は手紙を受け取るためにそっと手を差し出し、茉莉花を励ます。

「……大丈夫、陛下はもっと悪どいから引かないと思うよ」

茉莉花を散々利用しようとしている珀陽は、この手紙を見て「私ならもっとこう……」と言い、呪いよりもひどい改良案を考え始めるだろう。

白楼国《はくろうこく》では、運河の建設案に関する会議が開かれていた。

皇帝《こうてい》、それから三省《さんしょう》の長と六部《りくぶ》の尚書《しょうしょ》、皇帝直属の組織である御史台《ぎょしだい》の長である御史《ぎょし》大夫《たいふ》、禁軍《きんぐん》の将軍が集まり、茉莉花《まつりか》と翔景《しょうけい》の報告に喜ぶ。

「工部《こうぶ》案の一部に修正を入れ、易雲《えきうん》の村での製塩が続けられるようにすべきです。易雲の村でつくった塩を船に乗せ、運河を使って首都まで運ぶ。天命がそうすべきだと言っています」

最初からこうなることはわかっていたとばかりに、工部尚書は満足げに頷《うなず》いていた。

「運河の建設と塩田の開発は共に行うべきです。塩田開発に支障があってはいけませんから、工部は安州《あんしゅう》とより密接に連携《れんけい》すべきでしょう。……しかし、賄賂《わいろ》の一件があります。州牧《しゅうぼく》を別の者に変えるべきではありませんか？」

吏部《りぶ》尚書はそう言ったあと、尚書令を兼任している宰相《さいしょう》をちらりと見た。宰相もそうすべきだろうと頷く。

——安州の州牧は、塩の密売の売上金の一部を賄賂としてもらっていた。

これはとんでもない不祥事《ふしょうじ》だけれど、本人は塩の密売の売上金だということを知らなかったので、『賄賂をもらった』というところだけを追及《ついきゅう》していく予定である。

「皇帝陛下、安州の宣《せん》州牧は異動と降格でよろしいですか？」

宰相の問いかけに、皇帝『珀陽《はくよう》』は頷き、穏《おだ》やかな声で注文をつけた。

「塩田の開発も兼《か》ねた運河建設を推《お》し進《すす》めるためにも、新しい州牧の選定はとても大事だ。急ぐように」

皇帝の許可が出た。近日中に安州の州牧が変わる。

この場にいる者たちは、次の安州の州牧の人選は自分にとっても重要だと密《ひそ》かに思う。

運河建設が無事に終われば、それは州牧の功績にもなるからだ。

「皇帝陛下、国の一大事業である塩田開発と運河建設を滞《とどこお》りなく進めるためにも、工部の人員増強をすべきだと思います。各部の有能な文官をぜひ工部に預けていただきたいのですが、いかがでしょうか」

工部尚書は、単なる運河建設の話ではなくなったため、もっと人手がほしいと訴《うった》えた。たしかに今のままでは、家に帰れなくなる文官や過労で倒《たお》れる文官が増えるだろう。上役たちもその提案に賛成する。

「それでは、六部からそれぞれ一人ずつ……」

吏部尚書はすぐに具体的な話をし始めた。他の尚書もそれでいこうと同意するつもりでいた。

しかし工部尚書は、自分には関係ありませんという顔でこの会議に参加している者をじっと見つめる。

「御史台から苑《えん》翔景を頂きたい」

皇帝直属の組織であり、官吏《かんり》の監査《かんさ》を行っている御史台。

御史台の長官である御史大夫は、話の矛先《ほこさき》が突然《とつぜん》自分に向かってきたことに驚《おどろ》く。

「苑翔景⁉　彼は御史台の文官ですぞ！」

御史大夫がとんでもないと慌《あわ》てれば、工部尚書はにやりと笑った。

「彼は今回の監査で、運河の建設予定地も、塩田開発の場となる村も、その目で見て確かめています。今のところ、誰《だれ》よりも現場に詳《くわ》しい。苑翔景は科挙《かきょ》試験を状元《じょうげん》で合格した未来ある若者で、色々な経験を若いうちにしておいた方がいいでしょう。彼はまだ工部で働いたことがないはずです」

有能な官吏を寄越《よこ》せ、というわかりやすい主張に、皆《みな》がそうきたかと感心する。

御史大夫はそれでも駄目《だめ》だと言おうとしたけれど、珀陽が話に割って入ってきた。

「……苑翔景か、いいね」

珀陽が工部尚書の提案に乗り気な発言をする。

これは「そうしろ」という意味であり、そして翔景に運河建設と塩田開発の責任者を任せたいという意思表示でもあった。

──つまり陛下は、苑翔景に手柄《てがら》を立てさせたいということか。

──陛下は次の禁色《きんじき》候補を皇后派《こうごうは》の中から選びたかっただろうし、苑家の息子《むすこ》なら誰も文句を言えないだろう。

──苑翔景が責任者となるにはさすがに若すぎるから、お飾《かざ》りの責任者を立てて、実質の責任者を任せるということになりそうだな。

皆が皇帝の思惑《おもわく》を察し、どんな発言をしたら自分の得になるのかを必死に考える。

「皇帝陛下。運河建設と塩田開発は重大な事業です。その責任者は、工部尚書であるこの私が兼任《けんにん》しようと思っております。私の補佐として、苑翔景を任命するというのはどうでしょうか」

工部尚書は、すぐに自分の手柄にもなるような提案をする。

他の尚書たちは「若いやつに任せろよ」という表情になったけれど、自分が工部尚書の立場だったら同じことをするだろうとも思っていた。

「若い人に経験を積ませることは大事だ。苑翔景の手腕《しゅわん》を楽しみにしているよ」

珀陽は工部尚書の提案に笑顔《えがお》で頷く。

工部尚書が「それでは他の部からは……」と話を進めようとしたとき、大事な官吏を奪《うば》われた御史大夫がくちを開いた。

「御史台にとって、苑翔景が本当にとても大事な官吏であることは、陛下もご存じのはずです！」

この場にいる上役たちは、そうだろうなと心の中で同意する。

皆、ここまで出世してきただけあって、若いころに御史台に所属したことがある者ばかりだ。

御史台には将来を見込まれている若手の官吏の他に、官吏の監査を担当する特殊《とくしゅ》な部署という事情もあって、官吏であって官吏ではない――……皇族《こうぞく》やその関係者が多く所属している。

つまり、科挙試験に合格していない、親の権力で官吏にしてもらえた者が多くいるわけで、仕事にやる気をまったく出さない者もそれなりにいるのだ。

官吏の監査という大事な仕事を、黙々《もくもく》と十人分ぐらいやってくれていた苑翔景が抜《ぬ》けたらたしかに大変だろうと、皆が御史大夫に同情した。

「陛下！　苑翔景が異動するのであれば、その穴を埋《う》める官吏が必要です！」

御史大夫の訴えを、珀陽は聞き入れた。

「では、御史台にも新しい官吏を」

吏部尚書は、穴埋《あなう》めをする官吏をどこから選ぼうかと他の尚書たちの顔を見る。

そのとき、他人事《ひとごと》という顔をするなと刑部《けいぶ》尚書は吏部《りぶ》尚書に告げた。

「吏部の芳子星《ほうしせい》はどうですかな？」

「……!?　いやいや！　彼には大事な仕事を任せていますから！」

吏部尚書は、別の部に犠牲《ぎせい》になってもらおうと思い、横に座っていた礼部《れいぶ》尚書に声をかける。

「礼部尚書。晧《こう》茉莉花くんはどうかね？　禁色を頂いている将来有望な若者は、今のうちに御史台へ行った方がいいよ」

「ええっ!?　茉莉花くんに抜けられるのは困るよ！　彼女はあちこちの国との繋《つな》がりをもっているから、礼部にいてもらわないと！」

そしてここから、苑翔景が抜けた穴を埋める官吏を誰にするかで揉め始める。

「仕事ができれば文官に限らなくてもいいのでは!?　武官《ぶかん》でもいいと思います！　そう、

禁色を頂いている黎天河《れいてんが》とか！」

　ついには禁軍にまで話が広がった。

　皆が「お前のところから穴埋め要員を出せよ」「いやお前のところから出せ」と言い合い、結論が出ない。

　最終的には、前回と同じ――……工部の視察の後始末をするのはどこの部にするかで揉《も》めたときのような展開になった。

「平等にくじ引きで決めよう。はずれを引いた者は、他部から指名された者を御史台に異動させるように」

　仕事ができない官吏を苑翔景の穴埋め要員にされたら困るので、はずれを引いた部は自分の右隣《みぎどなり》の席に座っている尚書に穴埋め要員を指名してもらうことになった。

　指名権を得た尚書は、嫌《いや》らしい笑顔を浮《う》かべながら、左隣の部にいる有能な官吏の名前を挙げてくれるだろう。

「では、くじを順番に引いてくれ」

　宰相が手にくじをもつ。皆がそれを次々に引いていく。

　くじの結果を見て「やった！」「よかった～」という表情になった者もいれば、「あっ!?」という顔をした者もいた。

「決まったようだな」

はずれを引いたとは誰も言わなかった。けれども表情を見れば、誰がはずれを引いたのかわかる。

「では、御史台に異動となる官吏は——……」

戸部《こぶ》尚書がにやにや笑いながら、左隣の部にいる有能な官吏の名前をくちにした。

その日、礼部《れいぶ》尚書が今にも倒れそうな顔をして礼部の仕事部屋にやってきた。

皆は「なにかあったな」と察しつつも、声をかけたら面倒《めんどう》ごとを押しつけられそうな気配を感じたので、なにも言わずに仕事を続ける。

礼部尚書はわざとらしいため息をついたあと、茉莉花《まつりか》に声をかけてきた。

「茉莉花くん、ちょっと」

礼部の文官たちは「また面倒な仕事を押しつけられるのか」と茉莉花に同情のまなざしを送った。一度上司に「便利なやつだ」と思われたら、その先も便利屋にされるものだと決まっている。

この部屋にいる文官たちは、この先の展開が気になって思わず手を止めてしまった。そのせいで、部屋の中が静まり返る。

「……苑翔景《えんしょうけい》くんがね、実質の栄転で、工部《こうぶ》の大きな仕事を任せられたんだよ」

礼部尚書がこうやって皆の前で話すということは、もう決定した話で、すぐに公示される情報なのだろう。

茉莉花は、工部の大きな仕事の内容をこの時点でわかってしまった。

(運河建設と塩田開発の実質的な責任者になるということかしら。……すごいわ)

翔景が御史台《ぎょしだい》から工部へ異動になったのなら、お祝いの食事会をすることもできるだろう。しばらくは御史台の同僚《どうりょう》や同期にお祝いされて忙《いそが》しいだろうから、落ち着いたころに……と茉莉花は予定を立てる。

「おめでたいですね」

「そう。おめでたいよね。それで御史台が、代わりの官吏《かんり》がほしいって言い出して、最後はくじ引きになったんだ。……くじにはね、六部《りくぶ》と禁軍《きんぐん》が参加して、はずれを引いたら、御史台へ異動する官吏を隣《となり》の人に指名されちゃうんだよね……。隣に座っていた吏部《りぶ》尚書がはずれを引いたら、私は嫌がらせで『芳子星《ほうしせい》』を指名するつもりだったんだよ」

大事な人事なのに、くじ引き。

茉莉花はそれでいいのだろうかと思いつつも、すぐに上手《うま》くできていることに感心する。

(陛下が決めてしまうと、有能な官吏を御史台にもっていかれた尚書は、陛下に不満を抱《いだ》いてしまう。でもくじ引きなら、自分の運のなさにがっかりして終わる。それに、みんな嫌がらせで他の部の有能な官吏の名前を挙げてくれるから、誰になっても御史台は喜んでくれる……)

こういうやり方もありかもしれない、と茉莉花は考え直した。

「私はね、くじ運がよくないんだよ。お正月は絶対にくじを引かないと決めているんだ。年末は引くよ。あと一日の運勢を占《うらな》うだけなら、どんな結果になってもいいしね」

茉莉花は、この先の展開を察してしまう。

そして、自分はただの新人文官で、上の人の決定に「はい」と言うだけの役目だということもわかっていた。

「はずれ、引いちゃったんだよねぇ……」

礼部尚書が嘆《なげ》く。

いつもの茉莉花なら、この場でくちにすべき最善の言葉をぱっと引き出しただろうけれど、今回ばかりはできなかった。

なぜかというと、礼部尚書の話の続きも読めてしまったからである。

「そういうことで、茉莉花くんは御史台へ異動になったから、三日で引《ひ》き継《つ》ぎをしてね」

「三日……ですか!?」

「陛下が急いでとおっしゃっているんだ。まぁ、翔景くんに任される仕事は大きいし、こっちはそっちの都合に合わせるしかなくて」

茉莉花は、思わず自分の卓《たく》を見てしまう。

今から三日で引き継ぎを終わらせるのであれば、多分家に帰ることはできない。

「でもね！　茉莉花くん！　勿論《もちろん》私はやられっぱなしではないよ！」

茉莉花は、礼部尚書の頼《たの》もしい言葉にはっとする。

もしかして、他の部の官吏が礼部にきてくれて、茉莉花の仕事をそっくりそのまま引き継いでくれるのだろうか。

（それなら、手もちの仕事を急いで処理する必要はないし、残りの仕事を他の人へ頼むために頭を下げなくてもいい……！）

茉莉花が頼《たよ》りになる上司だと感動していたら、礼部尚書は両手を揉み始めた。

「茉莉花くんは異国語に堪能《たんのう》だし、顔も広い。いざというときは礼部に貸し出してもいいと、御史大夫《ぎょしたいふ》から誓約書《せいやくしょ》をもらってきたからね」

礼部尚書は「これ、これ！」とはしゃぎながら誓約書を見せてくる。

茉莉花と礼部尚書の話を聞いていた礼部の文官たちは、心の中であることを思った。

──そうじゃないんだよなぁ。

茉莉花は、さすがは尚書になった人だと感心する。大変なことになっても、自分のためになることを最大限しっかりしてきたから、ここまで出世できたのだ。

（すごいとは思うけれど……）

茉莉花も心の中で「そうじゃない」と呟《つぶや》いてしまった。

終

あとがき

こんにちは、石田《いしだ》リンネです。

この度《たび》は『茉莉花官吏伝《まつりかかんりでん》　十四　壺中《こちゅう》の金影《きんえい》』を手に取っていただき、本当にありがとうございます。

十四巻は、茉莉花が困った顔をしながら仕事に関係のない人助けをしてしまう話です。茉莉花と翔景《しょうけい》の真面目コンビのお仕事物と、ラストの大きな転機をお楽しみください！

コミカライズに関するお知らせです。秋田書店様の『月刊プリンセス』にて連載《れんさい》中の高《たか》瀬《せ》わか先生によるコミカライズ版『茉莉花官吏伝　～後宮女官《こうきゅうにょかん》、気まぐれ皇帝《こうてい》に見初《みそ》められ～』の第七巻が、二〇二三年三月十六日に発売します。今回もほぼ同時発売です！

珀陽《はくよう》とお家《うち》デート？なときめき＆大虎《たいこ》と翔景が登場します！　出会いと別れ、恋《こい》や仕事で盛《も》り沢山《だくさん》な七巻をよろしくお願いします！

そして、莉杏《りあん》と暁月《あかつき》が主役の『十三歳の誕生日、皇后になりました。』原作小説版の第一～七巻、青井みと先生によるコミカライズ版の第一～四巻もよろしくお願いします。

今回は新作『聖女《せいじょ》と皇王《こうおう》の誓約結婚《せいやくけっこん》 1　恥《は》ずかしいので聖女《わたし》の自慢話《じまんばなし》はしないでくださいね……！』が同時発売となります。

ずっと書きたいと言ってきた聖女ヒロイン（付き合う男を駄目《だめ》にしてしまうタイプ）×皇王ヒーロー（好きな子の前では見栄《みえ》を張りたいので奇跡《きせき》的に駄目にならなかった）の相《あい》性抜群《しょうばつぐん》のカップル未満の大逆転劇物語もぜひ一緒《いっしょ》にお楽しみください。


この作品を刊行するにあたってお世話になった方々にお礼を申し上げます。

ご指導くださった担当様、イラストを描《か》いてくださったIzumi先生（茉莉花の色々な表情が本当に可愛《かわい》いです！）、コミカライズを担当してくださっている高瀬《たかせ》わか先生、当作品に関わってくださった多くの皆様《みなさま》、手紙やメール、ツイッター等にて温かい言葉をくださった方々、いつも本当にありがとうございます。これからもよろしくお願いします。


最後に、この本を読んでくださった皆様へ。

読み終えたときに少しでも面白《おもしろ》かったと思えるような物語であることを祈《いの》っております。

また次の巻でお会いできたら嬉《うれ》しいです。

石田リンネ

ビーズログ文庫

■ご意見、ご感想をお寄せください。
《ファンレターの宛先》
〒102-8177 東京都千代田区富士見 2-13-3
株式会社KADOKAWA ビーズログ文庫編集部
石田リンネ 先生・Izumi 先生

●お問い合わせ
https://www.kadokawa.co.jp/（「お問い合わせ」へお進みください）
※内容によっては、お答えできない場合があります。
※サポートは日本国内のみとさせていただきます。
※Japanese text only

茉《まつ》莉《り》花《か》官《かん》吏《り》伝《でん》 十《じゅう》四《よん》

壺《こ》中《ちゅう》の金《きん》影《えい》

石《いし》田《だ》リンネ

2023年３月15日 初版発行

発行者　山下直久
発行　株式会社 KADOKAWA
〒102-8177 東京都千代田区富士見 2-13-3
（ナビダイヤル）0570-002-301
デザイン　島田絵里子
印刷所　凸版印刷株式会社
製本所　凸版印刷株式会社

ISBN978-4-04-737402-7 C0193

定価はカバーに表示してあります。
◇◇◇

ビーズログ文庫

第13回 二期
えんため大賞
ガールズ
ノベルズ部門
優秀賞
受賞
おこぼれ姫と円卓の騎士
OKOBORE HIME TO ENTAKU NO KISHI
「さっさと頭を下げなさい」
この女王様がスゴイ!!!
大好評発売中！
① おこぼれ姫と円卓の騎士
② 〃 女王の条件
③ 〃 将軍の憂鬱
④ 〃 少年の選択
⑤ 〃 皇子の決意
⑥ 〃 君主の責任
⑦ 〃 皇帝の誕生
⑧ 〃 伯爵の切札
⑨ 〃 提督の商談 通常版／CD付特装版
⑩ 〃 二人の軍師
⑪ 〃 臣下の役目
⑫ 〃 女神の警告
⑬ 〃 再起の大地
⑭ 〃 王女の休日
⑮ 〃 白魔の逃亡
⑯ 〃 反撃の号令
⑰ 〃 新王の婚姻
短編集 〃 恋にまつわる四行詩
石田《いしだ》リンネ
イラスト／起家一子《おきやいちこ》
"おこぼれ"で次期女王が決定したレティーツィアは、騎士のデュークを強引に王の《ナイツ》専属騎士《オブラウンド》に勧誘。けれど彼はそれを一刀両断し……!?

ビーズログ文庫
十三歳の誕生日、皇后になりました。
夫婦になってから始まる恋物語《シンデレラストーリー》！
①～⑦巻、好評発売中！
月刊プリンセス（秋田書店）にてコミカライズ連載中！
石田《いしだ》リンネ
イラスト／Izumi
試し読みはここをチェック★
十三歳の誕生日、後宮入りを願い出た莉杏。しかし謁見の間にいたのは新たな皇帝となった暁月だった！「ちょうどいい」で皇后になった莉杏だが、暁月は毎晩莉杏がよく眠れるようさりげなく問題を出してくれて……!?

ビーズログ文庫
聖女と皇王の誓約結婚 1
恥ずかしいので
聖女《わたし》の自慢話は
しないで
くださいね…！
初恋もまだなのに、
初対面の皇王《元カレ》と結婚!?
奇跡の逆転劇開幕！
石田《いしだ》リンネ
イラスト／眠介《ねむすけ》
試し読みは
ここを
チェック★
聖女ジュリエッタは、敗戦間近のイゼルタ皇国の新皇王ルキノに四百年前の誓約を持ち出され、結婚することに。だが、処刑覚悟で皇王になった彼の優しさを知り!? 「まだ勝てますよ、この戦争」聖女と皇王の逆転劇！